203 的故事

汪少华 著

上海文化出版社

序

　　"203"是 L 市看守所的一间监室，从 2016 年 11 月到 2018 年 2 月，我在这里呆了一年又三个月。

　　一位年近六旬半老头的我，多年以来一直习惯于企业的经营、创新和开拓，突然从云端坠地，猝不及防，心理直接陷入坍塌和绝望，如同沉沦于无边的深渊……

　　在绝望灰暗的日子里，我无法不面对我的室友：一群和我有着同样身份的犯罪嫌疑人。他们大多来自社会最底层，劣迹斑斑，为人所不耻，避之唯恐不及。我打记事起，绝未想到这辈子会与这些人打交道。不！岂止是跟他们打交道，分明是天天大眼瞪小眼，箕踞对坐，抵足同眠！

　　这是多么荒唐又可怕的零距离接触！

　　这样的零距离接触，让自认为"体面人"的我，从最初的排斥、恐惧和警惕，逐渐过渡到接纳、感受、认识和发现，梦幻般的经历，让我"脑洞大开"！

　　俗话说，物以类聚，人以群分。但是，把前前后后与我同居于 203 监室的这些室友划为一个类，或是一个群，我觉得，这不免过于简单和粗略！

　　他们不是一摊泥，更不是一堆土，他们是一群人，每个人都个性鲜明，各各不同，每个人都有自己的经历、自己的性格、自己的际遇、自己的人生。他们走过的路，犯过的错，摔过的跟头、吃过的苦头，都是岁月留在他们生命中的印记。

掩映于尘土的，并非全是尘土。

他们的故事，也是可以荡气回肠的。

通过他们，我发现了不曾了解的一些人，他们有的一直艰难，苦苦生存；有的一路顺利，甚至多有贵人相助，却可能突遭不测，祸起萧墙……

有人说，性格决定命运；也有人说，细节决定成败。这话大体上是对的，但细究起来，铺展开去，值得说道的太多太多。所以又有人问路不问心，还有人问心不问路。但不论您问不问，心一直在，路也一直在。心会随着生命的进程而起伏变化，是壮大辽阔，还是琐细渺小，它都注定会变，会影响和改变自己的人生面貌；路也是，虽然在各人脚下，但路有千万条，最重要的又是哪一条？您迈开的是腿，但走向是天堂还是地狱？抑或突然有了路的尽头，直坠悬崖？

有些猝然发生的大事，事到临头，地狱天堂，善人恶徒，很多时候真的就在一念之间、一线之间，但一念和一线之间，考量的又是什么？

不能直接画个圈把他们直接划为社会的"渣子"，他们中也不乏能人异士，即使是最底层的普通人，在经过惩戒教育后，他们也能回到正常人中间，为家庭和社会作出应有的贡献。

渐渐地我发现，曾经养尊处优的我，不仅可以过着他们一样的生活，我那高高在上的心，也可以跟他们的心零距离相接，像两小无猜的稚子，在一起蹦跳、玩耍，分享着彼此的忧患和安乐。

心都走近了，人与人就再也没有距离。于是，我有了他们的故事，他们的悲欢，他们的心路历程……

而我想更进一步，把他们写出来。

做这个决定时，很下了一番决心。

我长期做企业，提笔写字不是强项。但是，接触了这么一个特殊的群体，知道他们与我们当初的想象颇有差异，我认为应该向社会介绍他们的真实情况，特别是发生在他们身上的故事，把他们经历的深刻教训写出来，可以劝世、警世，如果能触动一些人，促使他们警醒、觉悟，显然是一件好事，也是社会需要的正能量。

同时，我想用这场写作，给自己证明时间没有被消磨；重压面前，精神没有倒下；而内生性增长，让自己更为强大。

更为重要的是，这场漫长的写作也是自我救赎和完善的过程，是自己有生以来最为彻底的一场惕励、警醒和荡涤，它完成了精神上的洗礼和升华。

所以，我用好心民警赠予的没有笔套的圆珠笔芯，利用从食品包装箱内壁撕下的牛皮纸，坐着一只小小的塑料方凳，趴在硬木制作的笼板上，抓紧点点滴滴的时间，一笔一画地写了开来……

本书记录的所有故事，都出自羁押于 203 监室的那段岁月，这些故事都是真实的，没有任何的矫饰，但为了尊重室友的隐私，我隐去了他们的真名和一些关键地名，而代之以"谐称"和字母。

书里有您不曾见识的天地，他们的性格和作为，也许远远超出您的预想，他们的人生故事，很多发生在阳光的背面，可能与您的经历截然不同，但绝对不会超乎您的认知。再说，不同的人生相互映照，也能有益于自我观照和深思。

于是，我不揣浅陋，将这些故事呈现在您面前，期待您的批评指正。

汪少华

2019 年 5 月，于杭州

目录

"小小鬼"

一

"小小鬼"进 203 监室时，我们都以为他走错了地方，因为他看上去太小了。一米五的身高不说，身形架子也是特别细小，就像是尚未发育的少年体形，只看背影，都会以为他只是个孩子。

他手上的物品不多，除看守所标配的一条坐凳、一块毛巾、两只饭盒、一个口杯、一支牙膏、一支牙刷外，没有自己带进来的东西。

这时，坐在角落的"毛毛"朝他喊起来："小小鬼！"

"嗯！嗯！""小小鬼"朝"毛毛"点点头，态度显得镇定，带着范儿。

今天我值日，我将他领向后端，例行公事地给他交待："你的东西放在最后一个笼洞里，口杯做好记号也放在最后一个，毛巾挂在第十四位。"

他一边漫不经心地回应我，一边已经跟"毛毛"聊上了。

"毛毛"问他："你什么事情进来的？"

他脱口而出："寻衅滋事！"

这轻飘飘的一句话，把我"雷"倒了：就你这小胳膊小手小耳胚的小男人，别人一根手指头就能戳倒地的，还"寻衅滋事"？

我在奇怪，"毛毛"却毫不奇怪，跟他聊得很是热火。"小小鬼"却没那么亢奋，一腔一调应对得很是从容。

　　这时，老包对"小小鬼"说："时间到了，你拿着凳子坐到上面来，一起学习。"

　　"小小鬼"看了一眼老包，拿着小凳上了笼板。

　　《一日作息制度》规定，监室每天上下午都必须学习，学习内容主要是《在押人员行为规范》《五项权利》等。

　　老包提醒大家坐上笼板："分成两排，注意横平竖直！"地面通道上只剩我和老包，我按照横平竖直的要求，整理前端的书籍、口杯和饭盒，老包除了监督，兼顾着把后端的毛巾、水桶、脸盆等整理到位。

　　普通话标准的小庆坐在笼板队列的中央，面向众人，担任领读员，大家一字一句跟着他读。领读几十分钟后，老包开始抽查，这次他抽查到了"苗家"。

　　老包问："我们的主管所长是谁？"

　　"苗家"答："是唐所长。"

　　"驻所检察官呢？"

　　"姓金，姓杜。"

　　"监舍里的铺位、值班和座位，是谁安排的？"

　　"是所长安排的。"

　　"监舍里有没有'笼头'？"

　　"没有！"

　　老包满意地点头，表扬道："回答正确，100分。"

　　这样的学习是非常正规的，大家都认真对待，但"小小鬼"只是中规中矩一小会儿，便开始不安分了。他眼珠骨碌骨碌地东张西望，双手抓耳挠腮忙个不停，真像个被规矩硬捺在课堂上的野孩子。

老包提醒他说："坐好了，不要东张西望。这里24小时监控，坐姿不规范，要扣分的！"

"小小鬼"听老包这一说，不觉一怔，不自然地朝老包笑了笑。

不一会，他瞄上了坐在旁边的"苗家"，学习结束才回到地上，"小小鬼"两下来到最后一个笼洞，拿出自己的物品，对着"苗家"问："你的东西放在哪个笼洞？"

"苗家"指了指第五个笼洞，"小小鬼"不由分说，掀开"苗家"的笼洞板，将自己的物品丢了进去，然后歪着头对"苗家"说："和你放在一起了！"

"苗家"是老实人，他本来和老婆开着一家超市，靠着勤劳和好人缘，生意做得很不错，可他迷上了网络游戏，落入一个赌博游戏的陷阱里，玩着玩着成了里面的高级玩家，并拉了一些人进来一起玩，他从中有获利，以涉嫌开设赌场罪被刑事拘留，本来以为"玩玩"不会有事的"苗家"如同遭受晴天霹雳，对他打击非常大，从进入203监室起，经常沉默不语，从不主动说一句话。

"小小鬼"哪管你这个，一屁股坐在"苗家"身旁，气定神闲。

"轰隆隆"一阵响，送餐的推车过来了，负责监舍打饭打菜的小庆"嗖"地一下子站了起来，大家挨着坐到笼板边，准备吃饭。

坦白地说，看守所的饭菜很一般，除了周二周五晚餐供应咸菜烧肉，其他时间的菜品主要在煮白菜、白菜烧豆腐、白菜烧豆腐干、白菜烧干张之间循环。为了改善伙食，看守所允许被羁押嫌疑人每周采购一次食品，限量供应酱鸭、东坡肉、咸鸭蛋等，所以每逢开饭，大家都会拿出自己采购的食品来补充、改善生活。

"小小鬼"刚进来，没有任何食品储备，但他却像老朋友一样，笑容满面地对"苗家"说："我有一套拌菜的手艺，今天露一手给你瞧瞧！"

不等"苗家"回应，他已打开"苗家"的笼洞，拿出"苗家"珍藏的酱鸭和下饭菜，熟练地扯开包装，将酱鸭扯成细条小块，和下饭菜倒在一个饭盒内，再倒上厚厚一层豆豉，"哗哗"地搅拌起来，顿时，一阵鸭香和豆豉的醇味便飘满了监舍，不到两分钟，满满一盒色香味俱佳的拌菜便诞生了。

随着小庆一声"开饭啦"，大家端起饭菜，一顿风扫残云。

"苗家"一动不动看着"小小鬼"快速地划拉着自己珍藏的一点好东西，脸憋得红红的，又说不出来，他是个老实人，没混过社会，实在不懂得如何拒绝人。

大家开吃时，他仍端坐不动，"小小鬼"却毫不客气，端起饭盒吃得津津有味，大呼过瘾，"苗家"只是细嚼慢咽，故意不看旁边酱鸭拌豆豉的美食。

"小小鬼"把这盒美食享受完毕，对自己入监的第一顿美食很是满意，将嘴巴好一顿"吧叽"。

晚饭后，我也见识了一次"小小鬼"人来疯、自来熟的功夫，估摸着他也把我列入了"可擒"之人了。

晚饭后，我对"小小鬼"说："到我这儿来，做个登记。"

"小小鬼"很听话地蹲到我面前。

"姓名？"

"王全。"

"年龄？"

"23 岁。"

"什么事进来的？"

"寻衅滋事。"

"以前进过看守所没？"

"进看守所是第一次，隔壁去过很多次了。"

"隔壁"是什么？我一时满头雾水，旁边的"猫头"接口说："汪老师，看守所的隔壁是拘留所。"

哦，我终于明白了："小小鬼"是那种大事不犯，小事不断的主。

我开始关切他的这次"大事"："犯的事重吗？"

"小小鬼"毫不掩饰："这次坐牢坐定了！"

"为什么呢？"

"我带人将对方的肋骨打断了好几根，是主犯。"

我以为自己听错了："你带人？带的什么人？"

"小小鬼"似乎察觉了我的疑问，满不在乎地说："还能带谁？都是跟着我混的小弟。"

"你带的小弟？他们打得了人？"

"小小鬼"生怕我不明白，很有耐心地说："这些小弟跟了我很多年，别看他们年纪不很大，打人特别狠！"

这么个小小人儿，竟然是在外做江湖老大的！

我还是有点想不明白，第二天放风时，我朝"毛毛"招了招手，"毛毛"来到我身边，我指了指"小小鬼"，"毛毛"马上明白我的用意，说："汪老师，你别小看他，他可是 L 市的大名人。"

"怎么个有名？"

"毛毛"看了看时钟，轻声对我说："他的故事很多、很精彩，我抽空好好跟你唠。"

"小小鬼"进入我的视线后，我又有一个大发现：这个小小的人儿，竟然有张特别能吃的嘴。

晚饭前，他通常会吃两小包饼干，晚饭除吃一大盒饭外，还会特地要求负责打饭的小庆为他多留一盒饭，晚上收看《新闻联播》前，又"吭哧吭哧"塞上两小包饼干。《新闻联播》后，又若无其事地吞着饼干，到了八点半，就将预留着的米饭一扫而光。

真不知他小小的肚皮怎么装得进这么多食物。

他这样的食量，早就把"苗家"的储备消耗殆尽，很快，骨碌骨碌的眼睛又盯上了左边的"昌哥"。

"昌哥"进来前是经营管理近 4000 人企业的大老板，虽年届 60，但身高体壮，气宇轩昂，他进来后每天上下午都会被带出受审，自然没有时间和心情品尝他储备丰足的食品，却让"小小鬼"垂涎三尺。

这天，"小小鬼"以十分诚恳的态度，对"昌哥"说："昌哥，我订的食品要周末才能发进来，先向你借一包饼干，等我发进来再还你。行么？"

"昌哥"哪会把这些放心上，毫不在意地说："拿去吃吧，借什么呀，想吃就自己拿！"

"小小鬼"等的就是这句话，从此，他又有了新的食品供应点。

接着，"小小鬼"又跟"猫头"混得特熟。

"猫头"可不是"苗家"，他有一颗锃亮的光头，脸上颧骨高耸，一米八的身胚瘦骨嶙峋，显得非常挺拔，一双手臂青筋贲张，一看就来头不小。事实上他的确有来头，是"五进宫"的资深"监民"。不过，他每次进来都只有一个理由：打架！除此以外，他不犯其他的事。按他自己的话就是：一喝酒就控制不住脑子和手，老拳一出又把自己给弄进来了。

这个一看样子就让人心里发怵的猫头，"小小鬼"却一往无前地粘了上去，毫不拖泥带水。"猫头"难得有一个敢跟自己搂腰拍肩膀的，两个人嘻嘻哈哈，倒也其乐融融。

"猫头"爱运动，在放风场队列训练结束后，他会继续做几组俯卧撑，然后站在那里比划像太极拳似的一套动作。这天，刚剃去长发成了光头的"小小鬼"站在"猫头"身后，跟着"猫头"的动作，模仿着做，虽然样子是"猫头"的，但每个动作都被拆解得十分夸张，再加上一大一小两个光头在太阳底下一上一下直晃荡，很是滑稽，大家在一旁全都捂着嘴直乐。

"猫头"装作不知道，做着做着，突然腰身一矮，向后一撞，一屁股正好撞着"小小鬼"的脑袋，"小小鬼"像片落叶似地荡开来，一屁股坐在坚硬的水泥地上，呲牙咧嘴半天爬不起来。

"猫头"故作惊讶，一把拉起"小小鬼"，口里连连说："对不起！实在没有看到你在后面。"

"小小鬼"揉着小小的屁股，嘎嚅着："你这力道也太大了吧？"

"猫头"看着"小小鬼"痛苦万状的样子，有些不好意思，伸出胳膊，说："这样吧，你用拳往这里狠狠打我几拳，如何？"

"猫头"的手臂是他全身最有肉的地方，而且是雄壮的肌肉，他选这里，其实是想让"小小鬼"再吃点苦头，就"小小鬼"那只小馒头似的拳头，打在"猫头"如此结实的肌肉上，下力越大，反弹之力越猛，"小小鬼"指定要吃闷亏，让他有苦说不出。

"小小鬼"盯着"猫头"的胳膊，眼睛骨碌碌直打转。

"猫头"指指自己的胳膊，鼓励他："来呀！下力打！"

"小小鬼"细胳膊一抡，小拳头"呼"的一声砸在"猫头"的手臂上，"叭"的一声，"小小鬼"的手被重重地荡开，身子跟着晃荡了一小步。

"猫头"眉头也没皱一下，叫道："爽！再来几下！"双臂擎开，马步一扎，俨然武学大家。

"小小鬼"摸了摸自己的小拳头，又看了一眼"猫头"，吸了口深气，抡起小拳头，朝着"猫头"的手臂迅疾地连续打了五下，直打得自己气喘吁吁为止。

"猫头"依然似塑像般一动不动，但眼神有些迷离，手臂马上泛出了红印，又很快泛出了乌青。

"小小鬼"看到小拳头打出了大效果，不怀好意地偷偷乐了。

这时，老包出来制止玩笑出火，喝道："到此为止！不要再闹了！"

"猫头"的手臂又从乌青慢慢变成淤青，就吓唬"小小鬼"："你小子打人，明天我要报告所长！"

"小小鬼"吐吐舌头，扮个鬼脸，伸出小手在"猫头"手臂的淤青上抚摸。

"猫头"咧开大嘴笑了，摸了摸"小小鬼"的小光头。

二

这天下午三点半，203 笼门口来了二位威严的警察，喊了一声"王全"，"小小鬼"响亮地应了一声，便被上了手铐带去受审了。

我赶紧向"毛毛"招了招手，等他走过来，我微笑着请他坐下，说："该和我说说这小小鬼了。"

"毛毛"说："小小鬼其实是个很可怜的人，十三岁就成了孤儿。"

接着，他跟我讲了"小小鬼"的故事。

"小小鬼"的爸爸在一个工地上打工，发生意外身亡，没想到不到一年时间，他妈妈又遭遇车祸，被一辆大卡车给轧死了。一年内痛失双亲，这一年，他才十三岁，命运对他实在太残酷了。

好在这两起意外事故都获得赔偿，总共有一百多万元，这在当时可是很大一笔财富。对"小小鬼"来说，如果料理得当，维持以后的生活都不是问题。

"小小鬼"突然有了这么大一笔钱，又没有父母约束，特别自由，干脆辍了学，混上了社会。他觉得自己是一个不愁吃穿的大富豪，比绝大部分的人都要富，根本没想到这钱是他父母拿命换来留给他的，更不懂应该怎样合理支配这些钱。

他年少无知，没有丝毫分辨力，心里很快摆脱父母双亡的阴影，享受于众人围绕的快感，以为百万巨款永远也花不光，出手阔绰，认了不少"大哥"和"兄弟"，更可怕的是，他很快就溜上了"冰"。

这样混了两年，他不想在"大哥"后面混大人圈，好像他永远是马仔，于是，仗着有点钱，开始物色与他同龄甚至更小的人一起混社会。一段时间后，"小小鬼"身后便有了一溜的孩子，当上了老大。从此，他就以老大自居，扛着肩膀横着走路，最威风的时候，车后面跟了两大车随从。

虽然他当老大只是想着摆派头，没干什么坏事，但"溜冰"让他很快付出了沉重的代价。

法律规定，第一次被发现吸毒，处以行政拘留；第二次被查实，除拘留外，还要实行社区戒毒，即在社区监督下，定时定点抽验；

第三次再被查获，拘留后直接送专业的戒毒所进行为期两年的强制戒毒。

这几年时间里，"小小鬼"不仅财富急剧缩水，还因为吸毒被拘留、被社区戒毒，最终还被强制戒毒，好在他没有"以贩养吸"，也没有提供吸毒场所，或是召集几个小弟一起吸，否则早就判刑坐牢了。

"毛毛"毕竟不是"小小鬼"圈子里的人，要想知道真正的"小小鬼"，还得他自己张口。

这天，在收看了《新闻联播》后的自由活动时间，我把"小小鬼"招到了身边。

我带着几分恭维，说："王全，你是 L 市的名人，跟我讲讲你的故事呗。"

他仰着头看着我，像是想看透我的心思。

我说："你一个做老大的，不会不敢说自己的故事吧？"

这话既夸他又在"将"他，他脖子一挺，说："汪老师你想知道啥，直接问吧！"

我问："你怎么会在十四岁就开始溜'冰'？"

"被一个'大哥'指点，那时年龄小不懂事，就好奇地尝了几口，慢慢就开始了。"

我接着问："这对你身体影响大吧？"

他点头："我现在这个样子，跟未成年就吸毒有直接关系。"

吸毒直接影响了他的生长发育，成了名副其实的"小小鬼"。

我一杆子问到底："受过很多处罚吧？"

"唉，一言难尽，除了没判刑，该经历的我都经历过了。"

我拍拍他的肩膀，他忽然露出几分得意，说："电视台在我强制戒毒期间，以我为主人公拍了一部纪录片播出，让我一下在 L 市成为家喻户晓的人物。"说完，嘿嘿一笑。

这时，"毛毛"凑过来，附在我耳边，悄悄地说："让他说说卖儿子的事……"

我又吓了一跳："小小鬼"不仅有儿子，还把儿子给卖了？

这天，"小小鬼"找到我，说："汪老师，能帮我写一张纸条吗？"

在押人员可以写纸条，由看守所转达，向家人要求送衣物、存钱或者会见律师等，我忙接口道："当然可以！写给谁？要办什么事？"

"小小鬼"说："写给女朋友，让她送点短衣短裤、内衣、内裤来。"接口又骂道，"他娘的，一点也不懂事，这么多天还不送来，老子出去要休了她！"

我一边拿纸笔，一边笑着说："女朋友在帮你带着儿子，没得空。"

"小小鬼"一怔，马上说："不是那个女人，这个是新交的。"

我终于逮住机会了，忙拉他在我身边坐下，问："那个帮你生儿子的女人呢？"

"小小鬼"一脸漠然："早离开了，不知道她现在在干什么。"

"你们有登记结婚吗？"

"没有，就是男女朋友，结果一不小心怀了孕，就把儿子生下来了。"

我说："虽然没结婚，也不能把儿子给卖了呀！"

这话一下把"小小鬼"的情绪给点爆了，他生气地说："哪个王八蛋在造我的谣，我阿全怎么会干出这下三滥的勾当！"

　　我沉着地说："那你自己说说是怎么回事。"

　　"小小鬼"说："汪老师，不瞒你说，儿子刚生下来那会的确有人出十万元钱要买，被我一口拒绝了。"

　　我又问："那儿子你一直带着？"

　　他这下有些难为情，说："儿子不在我身边，但那与卖儿子两回事。"

　　原来，两个自己还是孩子的年轻人，在毫无思想准备的情况下，蓦然成为父母，照料小孩吃喝拉撒的生活重担，一下压垮了这对小年轻，两人很快为生活烦事发生争执，并一发不可收拾。"小小鬼"一巴掌扇跑了女人，她连小孩也不要了。

　　"小小鬼"连自己都不会照顾，哪能照顾一个尚在吃奶的孩子！他叫天天不应，叫地地不灵，陷入深深的窘困，最后决定把孩子送给一位认识的朋友。

　　我追问："你收钱了吗？"

　　"小小鬼"面色一凛，黯然道："朋友硬塞了两万元钱。汪老师，你千万别以为我真的在卖孩子，十万元开价我都不眨一眼，区区两万我岂能去卖？只是朋友之情，不收也不行呀！"

　　我继续问："你儿子后来一直由那位朋友养着？"

　　"小小鬼"神情一下灿烂起来，说："儿子很快被他外婆接了回去，他在外婆家生活得很好，今年三岁了，他认我，喊我爸爸。"

　　听到这，我竟松了一口气。

三

"小小鬼"进 203 半个多月后，被"拆"到另一个监室，不太能见到他了。

又过了半个多月，这天晚上，我们正在收看《新闻联播》，笼门外突然有熟悉的声音传过来："我出去了！"

是"小小鬼"！我们拥到门口，看到他手捧物品，满面堆笑地朝外走去，经过 203 门口时，特地停顿了一下，又喊了一句："我出去了！"

他这是在向我们告别啊！我忽然鼻子一酸，说不出话来。

原以为"小小鬼"的故事就此画上了句号，没想到，很快我们又在 203 监室听到了他的消息。

这天，我们在自由活动时间突然聊起了"小小鬼"，不知他在外面的生活怎么样了。这时，刚因"寻衅滋事"进来的小方突然说："小小鬼我很熟，我进来前与他在宾馆同住了一个月。"

我十分兴奋，跑上前将小方拽到身边，抑制住激动的心情，问："你与王全一直很熟？"

小方说："最近几年我们混得很熟。" 他见我非常关心，接着又说，"这次'小小鬼'出来后，又如往常一样，在酒店包租了一个豪华套房，然后打我电话，要我过去陪他住，跟他同吃同住了一个月。"

我问："他长住酒店？"

小方特别肯定地说："'小小鬼'一直这样长包宾馆套房，只要口袋里有钱，他对朋友出手很大方。"

我十分疑惑："这样消费，他有这么多钱吗？"

　　小方笑了笑："'小小鬼'确实将父母留给他的钱挥霍得差不多了，现在只剩下还在法院的十八万块钱。"

　　我不解地问："他的钱怎么会在法院？"

　　小方说："他父母的赔偿都是在法院主持下达成的。因'小小鬼'当时未成年，法院先托管这笔钱，然后分阶段，一批批地发给他。如果不是这样，那笔钱老早就被'小小鬼'折腾光了。"

　　我又问："他哪来的钱这样高消费？"

　　小方笑笑，说："其实'小小鬼'很能挣钱，一天挣个千儿八百的不稀奇，如果节俭一点点，每天存下 500 块没有问题。"

　　我大惊："他怎么个挣钱法？"

　　小方继续说："他带着一帮小弟，主要混在赌场上，看看场子，倒倒茶水，自己不赌，靠'吃红'。'吃红'的意思，就是要钱，但不是那种强要，熟人赢钱了看到'小小鬼'多少都会给他个一二百，他能赚这个钱。除'小小鬼'混久了人头熟，脸皮也比一般人厚，他无所谓的。"

　　地下赌场的名堂很多，除了"小小鬼"这种"吃红"，还有"放炮子"，就是放高利贷，有 200 炮、300 炮、500 炮的讲究，所谓 200 炮，就是一万块钱，每天收 200 元的利息，500 炮，就是一万元每天收 500 元的利息，折算成月息，200 炮都达到了惊人的 60%，实在可怕。但"小小鬼"不玩这个，他经常腰间揣着上百元一包的"大中华"和"和天下"，不断地给赌客递烟点火，端茶续水，服务非常周到，赌桌上一掷千金的熟人们，只须"小小鬼"开个口，甚至不等他开口，只要正好遇上手风顺，赢下一把大的，顺手甩给他二百三百，也是常有的事。

　　小方又说："小小鬼的花销实在太大，他只要有钱，不花掉是很难过的。他从不存钱的，有钱的时候，他上下口袋塞满了钱不说，连裤腰上也一沓一沓地塞着钱。他要的是有钱很爽的那种感觉。但他进钱的速度远低于他花钱的速度，资产严重缩水，最后只剩下仍在法院的 18 万元，所以经常入不敷出，只能过借钱度日的生活，这次'小小鬼'出去后，因没有钱，由我出面帮助向一家信用社贷了 5 万元。"

我不解地问："信用社能贷款给他？"

小方说："他有法院 18 万元未取款的证明，又有所在村关于房子、土地的证明，自然能贷出钱来。"

他贷到款后，长期包租了宾馆套房，换装了全部行头，又花4千多元买了部智能手机，不到一个月，这钱就给他花光了。

我问小方："小小鬼花钱如流水，为何大家仍对他那么信任？"

小方说："小小鬼在法院的 18 万元未领款是他的金字招牌，有了这笔钱，大家相信借给他几千乃至几万块应该没什么风险。这几年许多人都上过当，当然小小鬼也为此挨过揍。"

小方接着说，"小小鬼"破天荒地用上智能手机，一个月不到就 5 折处理掉，他不想被人打扰。他记性出奇地好，朋友的手机号码都能背下来，有事就直接借别人手机拨打。他这次出去后，出了两次车祸，虽然没撞到人，但须赔偿车辆修理费 2 万元。这让他雪上加霜，即使他从法院取出那 18 万，还掉信用社的贷款及这两万元的赔款，也已身无分文。但他还是带着一大帮"小弟"，有钱的时候，这些人的吃喝全部由他供给，没钱的时候，"小小鬼"会要求他们自己出去赚钱，赚不到钱要挨巴掌。

我问小方："'小小鬼'上次出去，是被释放还是取保候审？"

小方毫不犹豫地回答："监视居住。"

"那他怎么进来的？"

小方说："还是因为赌场。"

"小小鬼"其实是带着一帮小弟在地下赌场看场子。这天，有几个人来到赌场，见人不多，便顾自打起扑克自我娱乐，"小小鬼"便请他们与另外几位先来的赌客并在一起，开赌，但那几个瞄了一下"小小鬼"，理都没理一下。"小小鬼"感觉忒没面子，竟一把将他们的牌桌给掀翻了，于是这几个人与"小小鬼"推推搡搡，骂骂咧咧地冲突起来。"小小鬼"的那一帮小兄弟一看，纷纷冲过来助阵。那几个人力单势薄，转身就逃。"小小鬼"岂能善罢甘休，和小弟们一齐追了出来。

"小小鬼"个小腿短，没追多远，"叭"旳一声响，脚下一绊，一个踉跄，狗啃屎似地重重摔在了地上，半天爬不起来。而他的小弟们年轻身捷，反应快，一会儿便追上那群人中跑得慢的一个，一阵拳打脚踢，将那人打翻在地，后来知道打断了他几根肋骨。"小小鬼"先是被作为这场斗殴的组织者被羁押，后来能被监视居住，与他那个关键时刻的"狗啃屎"有关，这一跤证明他没有参与斗殴，更不是组织者。

"小小鬼"的故事，实在不是什么好故事。如果"小小鬼"的父母没有双亡，那么，这么多年，他就不会是混社会搞江湖的"小小鬼"，不会在一小部分人前风光、荣耀，满足那么一点点可怜的虚荣心，他可能只是一个普通家庭的普通孩子，完成必须的教育，然后工作、成家，没有太多钱，也没有什么社会地位，但凭着一点技艺和努力，还是能过上一种正常百姓的生活，结婚、生子，平凡但踏实，可以无忧无虑，问心无愧。

遗憾的是，他没有机会选择第二种生活，他只是一个孩子，在无人扶持培育的情况下，父母用生命换来的一百多万，肥料一般催熟了他人性中的恶之花，使他沦落至今……

苦涩的"再见"

从看守所出来的人，很忌讳说"再见"，没有人愿意在这种地方"再见"。

有一个人，却在203监室和我"再见"了。

这天日晚上11点多钟，203监舍寂静无声，除两位值班人外，大家均已进入梦乡，突然，"咣当"一声，铁门打开，惊醒了我的美梦，我知道又有"新兵"进来，翻个身赶紧重返梦乡。

次日一早，起床铃一响，我揉了揉惺忪的双眼，翻身起床，整理内务，刚结束值班的小庆走过来，我拉住他，问道："昨晚进来新兵了？"

小庆撇撇嘴，手指后端正在穿衣的一个人，说："是位残疾人，穿衣都费劲！"

我顺手看去，那个人弯着腰，一手撑在笼板上，一手奋力地拉拽着裤子，十分吃力。

我急忙走过去，忍着他周身发出的酸臭，直直地看着他。

他抬起头来，我只觉眼前电光一闪，忍不住叫道："京更来！"

他费劲地发动起面部肌肉，挤出一个笑容，冲我喊道："汪——汪老师！"

我有点不知所措，激动地冲老包喊："包老师，是京更来！"

老包回道："什么？京更来又进来了？"

他把头转了个角度，口齿不清地冲老包叫道："包——包老师！"

没错！他就是十个月前从203监室出去的京更来，现在又回到 203 监室，和我"再见"了！

我定睛看着长久未见的京更来，眼前又浮现上次在 203 监舍见到他的情形。

那是去年的隆冬季节，天寒地冻的一个下午，京更来被警察带进了 203，坐在笼门口的值日生小许显然是与他再次相见，很是熟稔，警察刚解开京更来的手铐，他便指指警察，冲京更来说："快，喊警察介介（哥哥）！"

更来非常听话，小孩般地朗朗叫道："警察介介（哥哥）！"

警察不动声色，转身走人。

这时，"劳动班"拉工料的小明推着工具车过来，小许又命令："叫，明明介介（哥哥）！"

更来昂头吼道："明明介介（哥哥）！"

小明吓得赶紧推着车子，一溜烟地跑掉了。

这场面让我纳闷，暗忖：难道这是一个智障人士？如果是，怎么可能进来呢？

这时，喊完"介介（哥哥）"的更来转过身来，这一照面惊得我合不拢嘴——

首先让人印象深刻的是他的脸型，五官一齐被"挤扁"了。一双眼眼浑浊无光不说，斜视的角度大于 45°，它的效果是：更来与你聊天时，眼睛必然看的是另外的人；反过来，如果他盯着你说话，那他说话的对象是另外的人。他的牙齿，上下颚正中齐齐脱落四五颗牙齿，留下一个黑黝黝的洞，像是年过八旬的老汉，而他只有 28 岁。

其次是他的身形，像个中风患者，身体歪斜，双肩一高一低，右腿直直的弯不下来，只能一瘸一拐地走路。

　　更来对203监室很熟悉，直接走到监舍靠近卫生间的最后端，把这里作为他的铺位。就在他踽踽行走间，从他身上散发的一股恶臭让坐在通道的人屏住呼吸，皱紧了眉头。值日生小许捏着鼻子走到他跟前，粗声说："马上洗一个澡，我去帮你找一套换洗衣服！"

　　看守所没有热水器，只能用卫生间的自来水冲洗，现在可是一年中最寒冷的日子，这个冷水澡更来这么单薄的身体吃得消吗？

　　没料到更来十分爽快地回答："好的，澡必须洗的！"

　　说完，他身子一扭进了卫生间，脱光衣服，毫不犹豫地将水桶内的水向身上浇去，看得我打起寒战。

　　"一桶、二桶、三桶……"随着更来将一桶又一桶的冷水朝身上猛浇，有人替他计起数来。

　　他整整给自己浇了十桶冷水。

　　冲完冷水澡的更来，从里到外换上小许帮他找来的衣服，像换了一个人似的，不再像刚才那样衣衫褴褛、肮脏不堪了。但这时我更加怀疑他的智商。

　　这时，小许一脸正经，指着前端老包的铺位，对更来说："今晚你睡那个铺位。"

　　更来一怔，连连摇头，憋着力气说："这——不敢——那是笼——头睡的！"

　　这下我明白了，他不痴呆。

　　晚餐时，更来狼吞虎咽，把饭菜吃了个精光，连菜汁也不放过。他这吃相，完全是几天没有吃饭的模样。

　　小许低声在我耳边说："这个人在外面没有生存能力，连饭也吃不饱，还是在这里好，管吃管住，一个人吃饱，全家不饿。"

我问小许："你了解这个人吗？"

小许笑笑，说："他是看守所的常客，每年基本上要进来一次，从上到下都认识他。"

我又问："他看起来不正常，怎么会这样？"

小许说："他是一个可怜人，父母近亲结婚，所以他才这个样子。但说他傻吧，又不全是，身体的残疾倒是有一些。他父亲过世，母亲改嫁，家里只有一个 80 多岁的老奶奶，没有人管他，吃了上顿没下顿，饿得不行就去偷，一偷就会被抓，抓了就会被送进来。"

更来很快成为监舍的活宝贝，成为大家调侃取笑的中心，不取笑他的人，只有我和老包。

这天，在放风场自由活动时间，我拉住更来，问他："你这是第几次进来？"

他的眼光望着我左前方，我知道他这是在看我脸上的表情，确定我没像其他人那样取笑他后，他认真地回答："这是第四次了。"

"难怪这里的警察都认识你，你都是什么时候进来的？"

他掰着手指数了数，说："最早是 2013 年，判了七个月；2014 年，判了九个月；2015 年，判了九个月；加上这次是第四次，不知怎么判。"

我诚恳地问他："每年这样坐一回牢，不难受吗？"

他摇摇头："坐牢无所谓，就——就是有一点难受。"

"难受什么？"

"没烟——烟抽呀！"

我摇摇头，又问："你每年这样进来，家里人不痛苦吗？"

他头一昂，满不在乎地说："我——我没有家庭，只有奶奶，80多岁，跟我分家了。"

我故意说："你奶奶都80多岁了，你怎么可以与她分家？你也太过分了！"

我这一说让更来脸涨红了，又憋着说："这——不关我——什么事，她——她要管——管我，管——管得太——太多了，两——两个人吵——吵起来了，她——她就自己搬——搬走了！"

"奶奶都管你什么了？"

"开始时，我——我在村里与别——别人家打——打牌，她骂我——我，要——要我晚上八——八点钟回家，我——这么早哪——哪里睡得着，我——我不听她，管——管自己打打牌，她——她就赶到别——别人家来拉——拉我回家，就吵——吵起来。再后——后来我带——带了一个女——女人回家，她说——说我连生——生活也——也过不下去，还——还带女——女人回家，我一气就——就大——骂了她几句，她——她就搬走了。"

真没想到，他竟然跟女人也有故事，便问道："那个女人是干什么的？结过婚吗？"

他挺自豪地回答："她上班的，还——没有结过——过婚。"

"你们怎么认识的？"

"是——是我的一个朋友认——认识的，朋友问——问我要——要不要女孩子的电——电话，我说要——要的，他就调——调出来给我，我们——加微信，慢——慢地聊——聊天，过了几——几天，我说请她——她过来玩，她——答——答应了，就这样认——认识的。"

我说："那也不错呀，人家一个黄花姑娘来你家，你要好好待她。"

更来很无奈地摇摇头说："那女人来——来了两——两三天，看了我——我家的情况，就——就走了，再——再也不理我了。"

我又问："你自己能料理生活吗？"

他笑笑："我哪——哪能料——理呀，我基本上不——不在家住的。"

"那你吃什么？住哪里呀？"

他回答得轻轻松松："在饭店吃——饭，呆——网吧，有——有钱时住——住宾馆。"

"你没有收入，怎么能有钱去吃饭、上网吧、住宾馆？"

他十分肯定地说："要——要呀！"

"向谁要呀？"

"问亲戚要，他们多少都——都会给一点，我——我还有低——低保，每月有五——五百四十元。"

"这样也不够你开销，没钱时怎么办？"

他终于正着脸，说："实在没钱，就饿肚子,饿——饿得受不了，就——去偷一点。"

我故作不解："你这样的身体能去偷什么呀？"

"我——我看到停在田——田边、路边的三轮车，就——就看有没有人，没——没人的话，我就——就会骑——骑走，遇到人就——问要不要——"

"人家不问你车从哪里来？"

"人——人家问，就说家里生意不——不做了，五十、一百，卖掉！"

"你就是因为这个被抓？"

"没——没有，我被——被抓都——都不是——这个。"

我终于问清楚了，更来第一次被抓，是打开了一部面包车，虽然他没本事打开两侧边的门，却知道打开后箱盖，偷了两千多块钱，被监控探头抓个正着，判了七个月。

他第二次被抓，是在一个村庄里，他好不容易找准一幢二层洋楼，以为家里没人，谁知推开院门，找准一间房刚刚踏入一步，房中的躺椅上突然站起一个人来，见到更来，马上拎起身边的长凳，更来吓得转身就跑，那人追出来，顺手拎起门边一根木棍，守住院门，不让更来逃走。闻讯的村民这时纷纷赶到，更来慌不择路，竟然顺着楼梯跑上了二楼，房主带着人也追了上来。

二楼更加没有出路，更来知道，如果被抓住，一定是一顿痛殴，眼见一个卫生间，不管三七二十一，赶紧跑进去，反手关上门，死死地顶住，任由外面的人怎么推，怎么连骂带吓唬，他就是不开门。直到半个多小时后，警笛声由远而近响着，然后警察上楼，勒令他开门，他才战战兢兢打开卫生间的门，守在门边的房主立马揪住他，踢了两脚，边上的群众也挤上来，你一脚我一脚地猛踢，好在警察迅速地制止，把更来带上警车，在派出所走完相应流程后，送到了看守所……

他就这样一次又一次被抓——释放——犯事——再被抓，不断地轮回。而刑满释放回家后，他入狱期间低保卡里的钱每个月都准时到账，一下变成好几千，马上一天两包花利群，三顿饭店饭，没多久，又变得身无分文。于是厚着脸皮向亲戚要钱要吃，向熟人要烟抽，吃了上顿没下顿，饿急了去行窃，被抓后送派出所，派出所送看守所，结果出狱不久又被判刑。

我对更来说："你如果计划好，几千元钱也可以够你生活一年的。"

更来竟然回答："汪老师，我——我只要口——口袋有——有钱，我——我不花掉，晚——晚上睡——睡不着！"

他的回答让我哑然无语。真不知该把他当作没有生活能力的弱势残障人看，还是当他用尽心机钻空子的小人看。是啊，他凭借既弱智又残障的外在条件，除了想着不劳而获，还有一天算一天，快活一天是一天的小算盘，吃光用光后，看守所、监狱都是他的退路，待在看守所和监狱，不愁吃，不愁睡，比在外受冻挨饿要好得多，政府还按时给他的低保卡划款，攒够几千上万的，他正好刑满释放出来，到时又可撒开手胡吃海喝一些日子。吃光用光后，再开始新的轮回。

对他来说，判刑坐牢根本就不是个事儿。

他第三次被判刑，犯案经过几乎就是复制第二次的经历，同样被判刑九个月。

这次再进看守所，他刑满释放后花的时间更短，只用了十二天，上次和他一起羁押在203监室的，只剩下我和老包了。

他这次去偷的是一工厂宿舍，还是间女工宿舍，结果只偷到三块钱，还被躲在被窝的一位女工窥个正着，直接报警抓了现行。

进入203监室的更来像上次那样，很快成为大家的开心果。

这天，放风场自由活动时间，倚在放风场墙角的更来突然然拱着手、斜着眼，一字一句吐出了一段顺口溜——

老公老公

我在广东

白天休息

晚上打工

三百五百

轻轻松松

老公老公

你要想通

你若想不通

我让你人财两空

你再想不通

我让你去十里丰（一座监狱的地名）

这顺口溜被更来"喊"出来，虽然断断续续、不成章法，但放风场上的人，还是哈哈大笑，乐个不停。

这时，203 监舍另一位话痨"电瓶车"想寻更来开心，对他说："你如果能做十个俯卧撑，我奖励你一包饼干。"

更来身体这架式，十个俯卧撑显然是不可能完成的，但众人闻言，纷纷出掌鼓励，一时间，更来被大家的热情弄得抓耳挠腮，在那儿犹豫踌躇。大伙的喊声、鼓掌声更为热烈。于是，更来迈着一瘸一拐的脚步，来到场子中央，左右扫描一下，趴下身去，翘着干瘪的臀部，一下一下地撑起来。"一、二、三——七、八、九——"在众口一词的数数声中，更来在冲向第十个俯卧撑的半途终于筋疲力尽，无论如何努力，憋红了整个脸和脖子，也支撑不住，倒在地上。随着他的倒地，周围一片"啊"的惋惜声，跟着响起一阵掌声。

我在一旁看得呆了，要知道，我刚开始健身时，使出了吃奶的力气，才勉勉强强完成了五个俯卧撑。而更来，他一直呈现在我们面前的是一阵风能吹跑的残疾人，他的腕力、腿力、腹肌力量哪来的？身体协调性又是怎么来的？

放风结束回监室时，我一把拉住更来，问道："更来，你身体这个状况，是什么时候才有的？"以前，我一直以为他的身体残疾是因为他父母近亲结婚所致。

更来看看我，异常坦白地说："三岁的时候，我从楼上摔下来，变成了这个样子。"

我说："你刚才的表现，说明你的身体没有什么残疾！"

也许是我这句话扎到他的心窝，他忽然笑了，冲着我眨眨眼，说："汪老师，我这个样子，总要弄点名堂凑凑的！"

我豁然开朗，原来他一直在装，故意放大自己的缺陷，让别人嘲笑他、蔑视他、可怜他，这样，他就能心安理得地维持他当下的状况，而不会有任何改变他的外力！

这天晚上，203 监室照例收看央视新闻联播，"咣当"一声，笼门突然打开，两位警官站在门口，年长的那位大声叫道："京更来，准备出笼！"

大伙儿这才反应过来，更来要出去了！

更来听到喊声，身子振了一下，站了起来，走到了笼门前。

警官一声不吭为更来戴上手铐，更来在跨出笼门前，极其响亮地喊出了最为通气的声音："报告所长！"然后，他迈脚出笼门，一言不发，头也不回地走向出口通道。

几天过去了，203 监室还在议论更来，有人在讨论再过多少天更来会回来，有人说，他的名字取得不好，更来，不就是"再见"的意思么？他这一辈子，注定会反复与 203 监室"再见"。

这时，我突然想起他几天前跟我说，他找到了一条发财之路，如果出去，他会找一个女的，假扮是他的女朋友，然后带她去见他的妈妈和舅舅,他们就会给他很多钱,然后他会和那个女的平分。

我当时问： "你确定你妈和舅舅会给你红包？"

他肯定地点点头，说:"是——的——,我妈很有——钱,她——会——给我——几万，然——后——,我分——掉——"

不知怎么和更来说话了，也许，他也想改变这种不断从看守所和监狱进进出出的方式，以为多一点钱就能做到，而获钱的方式，竟然是去欺骗他的亲人。他只要多一点理性，就能明白，即使有了几万块钱，按他惯常的方式，不过也就在外面多待几天而已……

"首富"

一

"云南"个子小小的，一米六都不到，没想到他在 203 监室这么能闹。

他进来第二天，我为他登记入册。顺便就跟他结交了。

他除了用平常语气回答姓名和"云南人"籍贯，其他的话，都是硬绑绑的。

我问他："你犯什么事进来的？"

他挺着脖子，正眼回答："不知道！"

这回答让我怔住了，笔就写不下去，只好朝他看："你人都进来了，怎么可能不知道进来的原因？"

他双手一摊，说："他们说我到 MJ 盗窃，我根本没去过 MJ，怎么可能偷了那里的东西？我是冤枉的！"

这句"我是冤枉的"声音很大，让 203 室的人全听到了。我摇摇头，笑笑，又问："进过看守所吗？"

他小心翼翼地反问："你说的是 L 市看守所？"

看他这话的意思，还进过其他看守所，不简单呢！

我扣住话题："先说 L 市看守所。"。

"七个月前进来过，一个月内被取保释放。"

我又问："这次怎么又进来了？"

"法院通知开庭，被收监。"

与我预计的一致，他果然是几进几出的老"饭"（犯）。

既然他七个月前进来过，那自然知道入所后必须遵守的规定，我就没多说，草草交待几句，正式结束了此次对话。

不一会，警示铃响起，上午的放风时段到了。

放风场活动是看守所规定，除雨、雪天气外，上下午各安排一次，每次时间在半小时到一小时内。

放风场在监舍的另一头，由一扇厚重的铁门闸住，闸门开关在二楼，由值班民警掌控。

放风场不大，约 20 多个平方，顶部罩着窗棂式的钢盖。

"排队！站齐！"随着老包一声令下，203 监室的人排成了一排。二楼的警官拔起铁门的门闩，排在队首的猛地一撞铁门，"咣当"一声，铁门应声而开，在老包的口令下，一群人鱼贯而出。

到了场内，老包喊："快！整齐一点，排成三列！"然后，他奋力喊出了队列操练口令："原地踏步走！一、二、一，一、二、一！"

接着，老包不断地提醒："小李子，动作太慢了！老张，左右弄反了！'贵州'，手摆动大一些！"

随着老包的指挥，队伍开始整齐。我瞄了一眼队伍中的"云南"，见他排在队尾，抬脚举手倒也中规中矩，没有丝毫慌乱。

踏步间，老包大喊："一、二、三、四！"大家跟着他的喊声踏步子，但"云南"跟着老包也大喊："一、二、三、四！"声音特别洪亮，博得了大家一阵掌声。

队列活动结束，大家三三两两散开转入自由活动。这时，资深老兵"猫头"摆完少林虎拳开场招式，横跨马步时，突然从嘴里冒出一句"我是冤枉的！"把我吓了一跳，还没等我反应过来，在放风场各个角落的人突然一个接一个大声喊出"我是冤枉的！"

紧接着，整个放风场爆出一阵哈哈大笑。

跟着我也明白过来，大家喊的是刚才"云南"的那句"我是冤枉的"。

对这样的嘲笑，"云南"就像是没听到，充耳不闻。

后来，203监室许多人动不动就会冲着"云南"冒出一句"我是冤枉的"，接着便是一阵大笑。

"云南"表面上不以为意，但他接下来，也好好地"刷"了大家一把。

这天，我正在监室锻炼，活跃的"猫头"突然指着"云南"刚刚挂上架子的皮质运动鞋问："咦，你这双鞋子什么牌子的？"

"云南"撇撇嘴，头也不回地答道："你没看到标牌吗？名牌！"

"猫头"故作糊涂："我乡下人，哪里认得这个牌子！"

"云南"得意了："这么有名的牌子也不知道？Ⅹ踏！"

我一看，那双鞋还真是"Ⅹ踏"的牌子。

接着，"云南"得意地说："我老婆为我买的，花了二百七十多元。"

"猫头"夸张地一吐舌头："我的这双才三十多块，你这个好买我十双了！"

"云南"一脸的不屑："三十多块？我才不穿这样的鞋！你看看我身上，没有一件不是名牌的。"他一边说着，一边撩开囚服，指指里面的白色弹力背心，还拉开裤头，点点里面的内裤，脸上的自豪感一时膨胀到了面部的角角落落。众人大出意外，纷纷围上去，都想看他身上的名牌服饰。

"云南"这时又一撩合起囚服，不让大家细看。

王权一脸羡慕。竖起大拇指："老板，阔气呀！"

"云南"根本不把王权的奉承当回事，嘴又一撇，说："那还用说，我是云南首富！"

这句话像在沸腾起烟的油锅里洒了一瓢水，顿时炸开了锅。

猫头好半天回不过神来，好半晌了，才用力拍拍"云南"的双肩，接着又郑重其事地紧握"云南"的手，郑重而又无比崇敬地说："欢迎首富！"

大家都跟着叫："欢迎首富！""云南首富！"

"云南"还是一副从容的样子，处变不惊，说："不客气，大家都不要客气！自从吴三桂死后，我就成了云南首富！"

猫头虽然不信"云南"会是"云南首富"，但这时已经认定他是有钱人了，以奉承的口气结结巴巴地问："请问首富，你的资产有多少？"

"云南"的回答毫不拖沓："卡上现金二百多亿，名下资产二千多亿！"

哇！围着"云南"的人又一次爆棚！有的人开始掰着手指，想搞清二千多亿得有多少个零，老半天了，一直没数清楚。

一直坐在角落一言不发的老包这时突然冒出一句："你二千多亿？说的是金圆券，还是冥币？"

这时，一直紧绷着的"云南"终于忍不住了，哈哈大笑起来，一直笑得弯下腰来。

大家就这样被"云南""刷"了一下。不过，"云南"从此又有了个"首富"的名号，再也没人冲着他喊"我是冤枉的"。

二

这天上午 10 时许，送达文书的黄警官站在铁笼门外，喊"云南"的名字。

"云南"答一声"到"，快步赶到笼门前。

黄警官拿出一份文书，让"云南"签字。

"云南"小心翼翼地问道："这是什么东西？"

黄警官干脆利落地回答："起诉书！"

"云南"一听，顿时脸色大变："我不签！我没有罪！我没去过 MJ，MJ 派出所冤枉我！"打出这一连串排比句，他竟然毫不犹豫转身返回，把黄警官晾在一边。

黄警官从警多年，送达文书不计其数，如此情形，估计见得不多，一时怔在那里，眼睁睁看着"云南"离去。

黄警官离开后，"云南"仍然倔头坐在自己的位置上，喃喃自语："我没偷！这庭开不了的！"

过了许久，他还不忘补上一句："这庭绝对开不了！"

但法律文书送达是一种手续或流程，当事人不签字，只要当事人能见到，仍然可视为送达。第二天，黄警官又一次来到笼门前，直接把文书递了进来。质监老包走过去，接过起诉书，转身欲交给"云南"，"云南"连连摆手，示意不接。

他不接，203 监室不嫌事多的一干人，早就等在一边，从老包手中拿过起诉书，迅速传阅起来。

起诉书很快传到我的手中，这一看，一个不曾认识、大出意料的"云南"呈现在我面前。

这份起诉书是一份十分严谨的法律文书，它包含以下三个方面的内容：

一、犯罪嫌疑人的过往犯罪史；

二、犯罪嫌疑人的本次犯罪事实；

三、有关证据。

起诉书第一部分，共列举近年来"云南"的六项犯罪服刑记录，最长的记录是被判入狱 3 年 6 个月，罪名是抢劫罪；其余五次均是 6 个月至 1 年左右的短刑期，罪名上是盗窃或销赃罪。仔细推敲，他从出狱到再次入狱，平均间隔时间为 5 到 6 个月，最短的一次间隔仅 2 个月。

天啦！从这些记录看，"云南"真是劣迹斑斑。我偷偷瞄一眼"云南"，只见他深埋着头，面如土色，就像在大庭广众之下被人剥光了衣服。

我在心里暗暗叹了口气，继续向下阅读。起诉书指控"云南"在某年某月某日流窜至 L 市 ×× 小区 ×× 幢 ×× 号张姓妇人家，盗取人民币二千元，金项链二条。

起诉书列出的证据是——

1. 张姓妇人失窃报案的记录。

2. 公安机关的现场及痕迹鉴定。

3. 公安机关的 DNA 鉴定报告。

4. "云南"女友 ××× 交纳赃款记录。

建议追究"云南"相应的刑事责任。

按照我一点粗浅的法律知识，看到如此证据齐全、逻辑严密的起诉书，怎么也想不通"云南"会冒出"我是被冤枉的""这庭开不了"等名言。

众人看完起诉书后，开始议论起来，随着几个"老饭"的分析，还真被他们找出些蛛丝马迹般的疑虑。

"猫头"摇头晃脑抛出第一个观点："张姓妇人报案称在 19 日失窃，至 29 日才发现，现金失窃说不准具体时间，跨度有十多天，不太可靠。"

他顺手抹了下嘴巴，接着说："这还不是主要的，主要的问题不在这儿！"

众人急切地问："在哪儿？"

"猫头"这时不急了，双手一挽，说："倒杯水来！"

旁边的李健首先沉不住气，高声喊道："首富，倒水！"

"云南"快速起身走到储水箱前，拎出水壶，毕恭毕敬地为"猫头"倒上了满满的一杯水。

"猫头"接过手，一脸坏笑地呷了口水，缓缓说道："我看其中最大的问题，是没有首富到过 MJ 的证据，视频或佐证全都没有。"

这句话与"云南"一直高喊的"我没有去过 MJ，我是冤枉的"相一致。

难道案情真的有疑问？

"云南"闻听此言，两眼放光。他有点感动地望着"猫头"。

这时，又有高人提出了另外一个观点。

他说，起诉书指控"云南"盗走金项链二根，但起诉书提到没有查到实物，无法评估其价值。价值确定不了，怎么给"云南"定罪判刑呢？

"云南"这时又冒出一句话来："所以我说这个庭开不了的！"

"猫头"摇头："那也不一定。即使法官不追究二根金项链，凭你是累犯，凭你盗窃那 2000 元现金，也能判你个半年一年。"

"云南"连忙接口说："那 2000 块钱是我女友在不知情的情况下交上去的。"

李健说："你现在说什么也没有用，你也拿不出证据，而且你女友交出 2000 元，她就是证明你犯罪的证人。"

这句话戳到了"云南"的痛处，他顿时焦躁不安，面色如寒霜。

按常规，"云南"开庭的时间马上要到了。

这天早饭过后，"云南"不动声色来到卫生间，洗了头，冲了澡，换上他老婆买的那件"×踏"白色背心，焕然一新地从里面走出来。

按看守所规定，这个时间段是不允许洗澡的，这个谁都不敢触碰的纪律，"云南"不声不响地干了。

"猫头"一旁咕哝说："首富今天要去开庭了。"

"云南"像是没听到，他一脸肃然端坐在小凳子上，眼神不时瞟向笼门口，仿佛能感受到他"怦怦"直跳的心。

但门口迟迟没有法警出现，"云南"像是松了一口气，但凝重的脸色仍然没有松下来。

"云南"坐得久了，站起身去卫生间，路过小亮身边时，调皮的小亮故意撞了他一下，"云南"没有提防，一个趔趄倒向另一边坐着的小方，谁知小方突然犯了浑，被"云南"撞得火气陡生，猛推了"云南"一把。"无辜"的"云南"跟着火苗上蹿，猛地扑向小方，揪住了小方，监舍顿时一片惊叫。在这千钧一发之际，老包横身飞奔过来，一把将小方拉了开去。旁边的小亮、王权等马上将"云南"拉住，一场打斗终于平息。

我赶紧走过去，一把将"云南"捺在小凳上，说："这里绝对不可以打架，不能让监舍成为最差监舍！"

"云南"怒气未消，盯着小方说："我不怕他的！"

老包怒喝："以后谁再打架，对他决不客气！"

谁也想不到，第二天中饭时，"云南"又搅起了一场风波。当时，大伙正脱衣准备午休，突然从监舍最里端传出叫骂声，我抬头一看，"云南"拿着一只拖鞋，正向铁门边的"小王店"扑去。我们离得较远，眼看冲突不可避免，说时迟那时快，号称"鲁智深"的 "安徽"一个箭步插到他们中间，双手一撑，将本已扭在一起的两人硬生生地撑开了一米多远。

"云南"兀自骂骂咧咧的，蹦着跳着想拿拖鞋砸"小王店"，还好五大三粗的"鲁智深"把他们撑得足够远，众人又一次一拥而上，将两人分开。

短短两天，"云南"就接连出火，无视老包的警告和我苦口婆心的劝解，只能说，"云南"面对不可避免即将来临的开庭心理上已经失控了。他所谓的"这个庭是开不了的"，现在连他自己也不相信了。

三

在"云南"焦灼的等待揣摩中，一个星期过去了，"云南"依然没有被开庭，他终于平静了些，人也开始活跃了。

这天晚上，203 监室人员正在集中看"新闻联播"，"云南"端着小凳，跑到我身边，亲切地朝我喊道："汪老师！"

我连忙往边上移了移，拉他在身边坐下来。

他继续说："汪老师，我看你好像有什么心事，不太开心，想想还是过来一下，不知有没有打扰到你？"

想不到他竟如此体贴人，我连忙说："我没事。你过来我挺开心的。"

他说："大家都喊你汪老师，觉得你有学问。但我见你从来不欺负人，你是一个好人。我们能在这里相识，也是有缘之人。"

我心里唯有苦笑：我一个经营管理五百多人公司的企业家，曾经报纸上有名字，电视上有身影，现在，要跟他这样生活在底层的人攀"缘份"了。但我还是握了握他的手，表示对他的认同。

我想，他也许是因为这两天跟人连续的冲突，想跟我沟通一下。于是我问他："你是云南哪儿的？"

"云南昭通。"

我说："云南是个好地方啊，非常美！"

他摇摇头，说："汪老师，你说的都是云南的旅游胜地，当然很好，你没有到过我的老家，那里可不美。"

我问："你的老家怎么啦？"

"我的老家是一个非常偏僻的小山村，距离县城有五十多公里的山路，那里除了山还是山，光秃秃的连草都不长。因为缺地少水，全村人口粮都成问题，只能以吃地瓜、玉米、土豆为主，那个生活真不养人啊！"

"云南"这一说，我知道他是要向我打开心扉了，小心翼翼地问："那你家里的情况如何？"

"我家九口人，住一间石头垒的土房子，有爷爷奶奶、爸爸妈妈，还有我们兄妹五人。爸妈累得腰塌背驼，爷爷奶奶更是早早病得失去劳动能力，有病硬撑着，既没有钱也无法走出大山去看病。生活苦点倒也算了，但最痛苦的是父母经常为琐事不断地争吵，一吵就是天昏地暗，完全透不过气来。"

说到这里，"云南"情绪出现波动，张口结舌说不出话来。

稍候片刻，我打破宁静，问："你上过学吗？"

"云南"嗫嚅道："上学很困难，在三个村合办的小学勉强读了三年。那学校总共才三个老师，三四十人大大小小混在一起上课，从我家去到学校，必须翻两个山头走十多里的山路。"

我问："既然大山不养人，年轻人是不是都跑出来了？"

他点点头："现在村里只剩老人了。"

"你什么时候出来的？"

"13 岁那年，面对父母不断升级的争吵，我再也不想呆家里了，我向父母提出时，他们想也没想就同意了，整理出一套衣服，备了袋地瓜和土豆就让我出了门。但离家前一天晚上，父亲郑重地把我叫到他身边，摸出一叠毛票塞进我口袋，默默看了我半晌，对我说，孩子，在外面不论遇到什么困难，千万记住一件事，那就是不能去做杀人放火的事！你一定要记住！多少年后，我才明白父亲的苦心。"

说到这里，我感到"云南"肩膀的抽动，显然动了感情。

但我没有理解，接着问："你父亲叮嘱你不能杀人放火是什么苦心？"

"像我这样年龄小、没技术又没文化的人出去，凭什么谋生？他知道我为了活命肯定会干些不堪的事。小偷小摸的事，他知道免不了，但如果杀人放火，就要掉脑袋不能活命了。他为了让我保住一条命，才这样跟我说的。"

这句话也把我触动了，原来穷困到极点的父爱，是可以这样的！保住生命，就是一位父亲对出门流浪的儿子无奈之余最高的期望！

我拍拍他的肩膀："这些年，你一定吃过不少苦。"

他很真诚地说："吃苦算个啥，我们那个村子出来的人，百分之九十都坐过牢。他们跟我一样，年龄小，没技术没文化，不偷偷摸摸就活不下去！"

我忍不住，叹息一声。

"云南"继续说："汪老师，我坐过十次牢！"

他才 36 岁，却坐过十次牢，这经历委实把我吓了一跳。

13 岁那年，"云南"走出村子，花两天时间走完 50 多公里的山路，来到县城，扒上一列火车，懵懵懂懂随着火车到了郑州。在这个陌生的城市，基本以乞讨为生，有时候也小偷小摸，住车站、桥洞、涵管，虽然苦，但待家里也好不到哪儿去，也就没觉得有多苦。

这样在外面流浪了两年多，他突然厌倦了流浪，于是又扒火车回到了老家。回到村里，由于见过一些世面，在村里的小伙伴跟前很有些体面。那天，他们几个小孩遇到一个以前经常欺负他们的乡干部子弟，就故意上前撞了他一下，结果这个乡干部子弟指着他们大骂，并动手打人，他们几个人一拥而上，一顿拳打脚踢，将其捺翻在地，然后抬起他扔到一个露天茅坑里，这件事闯了大祸，乡干部报警后，派出所来人把他们几个人一起逮了进去，"云南"被判了 2 年劳教。

从劳教所出来，已经 18 岁的"云南"一天也不肯呆村里，他从此走出村子，近二十年时间，再也没有回去过。他的人生就在不断地犯罪、判刑、释放、再犯罪、再判刑、再释放的轮回中度过。

　　这些年，他犯过罪、坐过牢的地方有很多，除了 L 市，他先后在诸暨、龙游、富阳等地，因抢劫、偷盗、销赃、窝藏等犯罪行为，不断地遭受刑罚，在近二十年的光阴里，有十五年在高墙中度过，但尽管他犯了那么多罪，坐了那么多次牢，他还一直记着他父亲的那句话，一直未犯大罪重罪。他判得最重的一次，是三年六个月，那一年，他才 18 岁。

　　那年，18 岁的"云南"听说一个老乡在浙江诸暨打工，便一路打听着来到诸暨，住在那老乡的宿舍，老乡很热情，但收入也很低，而他一直蹭吃蹭喝，自己心里也不安，于是心里有了很强烈的"搞钱"的念头。

　　这天，他在一家小卖部门口认识一个贵州人，这人见他境况不佳，给他烟抽，还买了一瓶可乐给他，一来二去地便成了朋友，这天，此人把他叫出来，在网吧玩了一通，叫了餐饭，把他叫到僻静处，对他说："搞钱很容易，就看你有没有胆！"

　　"云南"问："怎么搞？"

　　那人说："简单得很！我们搭伙，去抢！"

　　"云南"吓了一跳，那人却说："又不是杀人放火，怕什么？我们只是去吓唬一些女人和小孩，拿到钱就跑，没什么大事！"

　　"云南"想想没钱的日子实在难过，便麻着胆子答应了。这天，他们在一个僻静的小巷子拦住一个小姑娘，用恫吓威胁的办法逼小姑娘交出了一千多块钱，然后逃之夭夭，前后不过五分钟。

　　做了这一次，"云南"心里特别害怕，那个贵州人便用"胆小鬼"等话刺激他，然后接二连三地，他们做了好几次同样的事。不久就被警方抓获，被判三年六个月徒刑。

开了这个头，"云南"就成了监狱的常客。

"云南"利用晚上看新闻联播和几次放风休息的机会，跟我原原本本，详详细细地叙说了这些年来他的人生经历，我也由此对他有了全新的认识。

但我还是有不明白的地方：如果说以前犯罪是因为年幼没有文化没有生活技能铤而走险，那么到他成年了，完全可以凭体力谋生，甚至过上有尊严的生活，他为什么要一直陷在偷偷摸摸的轮回中呢？

这次他对将要开庭审理的案件如此强烈地抵触，他是真的没去过 MJ 失窃现场，没有盗窃犯罪吗？

四

我们没等到"云南"开庭，他就被"拆"出去，分在仅一墙之隔的另一间监舍。

"云南"一走，众人的心境颇不一样。好在他就在隔壁监舍，每次放风的时候，"猫头"他们都会朝着隔壁大喊"首富"，总能引来隔壁的笑声。

这样没多久，隔壁放风场指挥队列的声音变成"云南"的，他担任质监，还是值日生了？不论如何，他能在那边过好，我们都是高兴的。

我们也在关心"云南"开庭的事，也许因为迟迟没开庭，"云南"在隔壁喊"一二一"的声音越来越铿锵有力，中气十足。

但是，这天上午八点左右，三位佩戴全套法警装备的警察簇拥着"云南"出了监舍，我们知道，他最不想开的那个庭终于还是开了，他会面临怎样的命运呢？我们每个人都在关心。

中午 11 时半，我们看见"云南"被法警们带了回来，他的表情还算平和。

第二天，放风场队列训练一结束，"猫头"瞅见二楼巡察的警察走开，便高声喊道："首富，庭开得怎么样了？"

"云南"在隔壁回道："判不了，休庭了！"

虽然这种隔空喊话在看守所属于违规行为，但出于对"云南"的关心，作为质监的老包也就未加制止。

看来，"云南"的案子真有可能存在证据上的欠缺或瑕疵，以致法庭要休庭。几天后，"云南"还接到了法庭为其进行的司法援助：免费聘请了律师为他提供法律服务，又过几天，警察陪相关人员进来为他抽血作 DNA 鉴定。

没想到，就在这长时间的休庭等待中，"云南"竟然又出事了，而且出了大事。

我们有几天没听到"云南"在隔壁指挥队列的声音，大家开始都不以为意，没想到，这天上午，外面大铁门"哐当"一响，四五个管教民警和医生拥到隔壁监舍，几乎用抬的方式，将一个人抬了出去，眼尖的"猫头"脱口叫道："是'首富'！"

203 监室的人又开始纷纷议论，不知"云南"又犯什么事，但这架式肯定不是小事。大家想了各种可能：打架、骂人、干各种坏事，但大家都没想到的是，"云南"是绝食，他用这种方式，公开向法庭叫板了！

几个小时后，我们看到"云南"被扶着回到了监舍。看来在看守所工作下，问题得到了解决。

绝食是看守所绝不允许发生的行为。"云南"是极其资深的"老饭"，他应该知道这种行为的严重后果，为什么还要这样做？我正在这样思考时，想不到"云南"因制造绝食这样的严重违规行为，看守所决定将他回笼到 203 监室，重新加强监规的学习。

"云南"又一次回到 203 监舍，不能不说是一件神奇的事。他比离开时显得更清瘦，见到老包、我、"猫头"等几个熟人，显得有些小激动，嘴角漾出了一丝笑容，一一颔首示意。

主管 203 监室的唐所长紧随着"云南"进了 203 监室，他紧绷着脸，来到"云南"身边，说："让你回 203 过渡笼来，就是觉得你还没有学习好、培训好，到其他监舍就没有规矩，你回来后，必须严格服从监规管理，抓紧学习监规、权利、义务，绝不可以再次违规！听到没有？"

"云南"清脆地回答："知道了！"

给"云南""上完发条"，"敲完榔头"，唐所长又特意走到老包跟前，交待要特别关注这个刺头，绝不能再出现严重违规的举动。

我和老包都明白，"云南"决不可能在 203 监室闹事。

中饭时，我从笼洞中翻出一瓶辣酱，几包方便面，送给"云南"。他很感动，几番推却之后，终于收下了。

很快，"云南"解了我们心里的疑虑。

原来，法庭在审理中发现"云南"在不在现场的证据缺失，决定休庭，推迟审判，并为"云南"提供法律援助，但这个审慎、负责、公平、公正的举动，并没有得到"云南"的理解和响应，他为了让法院和检察院对他更加重视，竟然想出了绝食的损招！

面对如此咄咄逼人的小个子男人，我说："你要相信法律，法院不是没有判嘛？而且还为你请了免费律师。对了，你已见过律师，律师怎么说？"

"云南"用非常坚定的语气说："律师说了，仅凭目前的证据，到哪都判不下来！"

我想试探一下他的反应，就问："如果判下来了，你怎么办？"

他竟然说："我在法庭中会有大动作！"

他说的"动作"，把我吓了一跳，说："你绝不可以这样做！你要是这样做了，那才是真愚蠢！即使判也不会是大罪，你要是做了，那就大大地变了！你难道忘了你爸对你说的话吗？"

也许是我的话起了作用，他慢慢平静下来，摇了摇我握住他的手，轻轻地说："汪老师，我听你的话！"

我换了个话题："如果法院判你无罪，你会要求司法赔偿吗？"

"云南"默默地摇摇头："算了，太麻烦。出去后我想去上海。"

我关切地问："你为什么想去上海？"

"云南"颇带凄怨地说："汪老师，这次入狱我好惨，老婆（其实是女友）也不理我了，除了送了一次衣服，再也没有音讯。我呆在这里还有什么意思？我想换个地方，不再像以前那样混了。"

在 203 监舍回炉一个星期后，"云南"又一次被"拆"了出去。从此，我再也没有见过"云南"，不知他案子后来的结果，更不知此刻他在哪里谋生，过着怎样的生活。但我一直在心底真诚地祈愿：希望我的祖国在消除贫穷的伟大征程中，即使偶尔出现像"云南"这种经历的人，也让他们会在"中国梦"的照耀下，告别困顿，迎来美好的人生。

成长之痛

一

上午九时是看守所放风时间，老包扯着有些嘶哑的喉咙，起劲地喊着口号，带着 203 室的室员走队列训练。这时，监舍那头的铁笼门"咔咔"地开了，大家以为是管教民警带嫌犯去受审或见律师，都转过头朝笼门看去。但大家没看到民警的叫声，却看到一位身着号服的年轻人被带了进来。

通常情况下，犯罪嫌疑人会在傍晚或晚上送入看守所，在上午这个点送进来，我还是第一次遇见。

这天是大晴天，阳光把放风场满满地照亮了。而进来的这个年轻人，一下让整个放风场更加亮堂了——

这是一个大男孩，身高至少一米八，腰杆挺拔，面部轮廓方正，五官搭配得甚为精致，一头浓密的头发带着自然卷，油黑发亮，很是时尚，穿的紧身装也是黑色的，有款有型。就像刚刚从大学校门走出来，清爽、干净，不带一丝尘世的烟火气。

我心里好生诧异，又很是可惜：这么阳光的男孩，这里不应该是他来的地方！

放风结束，我们回到 203 监室，他正站在监室门口，帅气的脸有些苍白，显得憔悴，目光中漂浮着不安和惶恐。

那天的值日生是小黄，他问大男孩："从哪里过来的？"

大男孩眨巴着惊惶不安的眼，老老实实地回答："昨天从江苏带到 L 市，在派出所待了一晚，然后送到这里了。"

他的普通话非常标准，听起来很舒服。

小黄故意吧叽着嘴巴，又问："江苏哪里？"

"江苏常州"

"犯什么事？"

男孩停顿了一下，很不情愿地回答："公司涉嫌诈骗。"

小黄摆出一副很专业的样子："合同诈骗？"

男孩摇摇头："我们公司是做互联网推广的。"

小黄"哦"了一声，还是一副啥都懂的腔调："那就是网络诈骗！现在正在严打！"

男孩一听，脸色更紧张，一脸的沮丧。

小黄根本不注意男孩脸上表情的变化，饶有兴趣地继续追问："你在公司负责什么？"

"我只是个普通的业务人员，入职才两个来月，稀里糊涂就被带到这里来了，"接着，男孩觉得不够，继续补充说，"我们公司三四十人，从老板到员工，全部进来了！"

一直静静听着的 203 室全体监友，这时一齐"哦"了一声，语气里都带着那么一丝惋惜。

惴惴不安中，这位男孩进入 203 监室。很快我们就知道，他叫小庆，河南周口人，这几年一直在江苏常州读书和工作。

刚进看守所的人，最初都有一个特别难捱的适应期。不仅有对失去自由、前途未卜的惶恐，更有对同居一室的犯罪嫌疑人深度的警惕和戒惧，小庆进来前肯定听说过，监舍内各位"老兵"会想尽一切办法"修理"和"消遣"刚进去的"新人"，所以他一直笼罩在惶恐不安中，非常害怕 203 室的这些老兵一起来修理和消遣自己，而他更不放心的是，他都进来好几天，竟然仍然没有被修理和消遣。他非常害怕那意想不到的，惨烈无比的"修理"，会在他毫无防备的情况下，突然降临他的头上！

看着他一直陷入这种紧张、慌乱和恐惧的情绪中，我忍住笑，悄悄告诉他：并不是所有监室都像他听说的那样，要折磨新进来的监友，203 监室就不这样，质监老包高级知识分子出身，他反复强调，我们都是人生父母养，绝不可以欺负别人。

小庆听了我的解释，这才放心地长松一口气。

因为这个解释，他对我多了一份信任，愿意坐在我身边，跟我聊些闲天。

小庆是 203 监室的乖孩子，待人彬彬有礼，一直服从管教，在任何细节上都一丝不苟，每天起床，绝不像其他人马马虎虎将被子随意一折，搁在铺前小凳就算完事。他会小心翼翼、仔仔细细地把被褥叠得方方正正，线条笔直，像刀划过一般，放在上面的号服，也是整整齐齐、熨熨贴贴。睡觉前，他铺设被褥也特别用心，铺平后还得两头用力地拽拉几下，再歪着头瞅瞅，满意了才放心地钻进去，然后就是一觉到天亮。

他这哪里是在坐牢，比居家过日子还讲究！

监友们都夸他，连质监老包都夸他是 L 市看守所，甚至是全中国看守所被子叠得最好的，他都是淡淡地笑笑，似乎不以为意。

看着小庆的一举一动，不由得从心里感叹：这孩子，小心事蛮多，小宇宙不小啊！他根本没把这里当羁押，时时处处在暗示自己与这里格格不入，不肯苟同啊！

内心如此不甘心，他又怎么会进来呢？

我想了解他，正好他也信任我，一口一个"汪老师"，很快，我们成了无话不谈的朋友。

二

与我预料的一样，小庆是好人家出来的孩子。想不到的是，这个干净清爽的阳光男孩，竟然出自河南农村，曾是一个典型的"留守儿童"。

他的老家在河南周口一个赵姓的大庄子，那里的大平原是中国著名的粮仓，庄里以赵姓人为主，小庆家也是庄里的大家，他爸爸那辈兄妹五人，一大家人很和睦。随着大伯、二伯各自分家置业，大姑、小姑嫁人外出，一个大家分成了五个小家，眼睛视力不好的奶奶跟着小庆一家过。

家分了，亲情却更亲了。伯伯、姑姑们都喜欢小庆，到哪家都把他当儿子似的宠着。

小庆的爸爸妈妈守着四亩地日夜劳作，人勤地出宝，虽说不上富足，但小日子倒也不愁吃喝，过得有滋有味。渐渐地，家里盖了新屋，还围出好大一个庭院，成了小庆和同伴们最好的乐园。后来，家里还置办了一辆小型拖拉机，小庆爸爸开着它去各村各户收购小麦秸秆，粉碎后打包卖给造纸厂作造纸原料。

家里日子一天天好着，但成天忙得脚不沾地的爸爸妈妈却顾不上陪陪孩子，放任两三岁的小庆跟着奶奶在几家之间轮着吃饭，今天在大伯家吃，明天就吃二伯家的，再一天就去大姑家吃，奶奶眼神不好，小小的小庆就像奶奶的拐杖，每天牵着奶奶的手，不断地在几位伯伯和姑姑家辗转，尽管伯伯姑姑都喜欢他，但这种感情跟父母亲情有很大差别，在他幼小的心里，渐渐滋生出一种缺少父母怙恃的不安全感。

童年的欢乐有很多。每年收割完玉米，就该种小麦了。清除掉玉米秸秆后，农民会将鸡鸭鹅粪撒到土地里，播种前，为防止窝在地里的野兔啃噬地里的麦种和青苗，农户们会组织一次抓野兔活动，这活动简直就是孩子们的狂欢节：当天上午，农户们带着孩子和看家狗成群结队来到田地上，上百人带着几十条狗一字排开，在田地边界围成大圈，先放出几只狗在地里到处扒弄，藏在地洞里的野兔受到惊吓，纷纷出洞逃跑，则一有兔子蹿出，另外几十条狗和一大群小孩便一哄而上，一齐追赶，展开一场人狗兔的追逐大战。

一只接一只野兔被轰出地洞，在追逐围歼中很少能幸免于难，一只只成为孩子们拎在手里的战果，然后成为餐桌上的美食。

不曾想到，随着奶奶的一场大病，家里的好日子突然走到头了。

那是小庆八岁那年，病重的奶奶住进了县城的医院，一住就是大半年，家里为给奶奶治病花了很多钱，那时农民没有医保，治病的钱由几家凑起来，钱不够，只得在亲戚朋友间到处借，最后，小庆爸爸将拖拉机也卖了。这样一折腾，为了偿债，小庆父母只好离开老家，到河南鹤壁打工赚钱。刚刚八岁的小庆成了留守儿童，陪着体弱多病的奶奶，仍是在伯伯、姑姑家辗转吃饭。这时的小庆已经大了，会想事情了，孤苦无依的感觉越来越强，对一个孩子来说，这正是他性格形成的关键时期。

小庆父母也是能干人，在鹤壁站稳脚跟后，小庆爸爸下矿当了一名采煤工，妈妈开了家专做面饼的小吃店。依旧是没日没夜辛辛苦苦地赚钱，但回报也算不错。

第二年，久病的奶奶去世，父母只好把小庆也带到鹤壁，但没过几天，他不得不又要面临与父母分离的窘境。因为父母为他找了所寄宿制的私立小学，他必须住在学校，周末再由父母接回家中。以前在老家，再孤苦也有奶奶陪着，还能天天见到对自己挺好的伯伯、姑姑他们，但现在，刚刚九岁的孩子要在完全陌生的环境，面对完全陌生的同学和老师了！

学校管理非常严格，为了安全，学校严禁学生走出校门一步，活动空间被严格限制在课堂、宿舍、食堂之间，如此枯燥乏味的生活，也真难为这些八九岁的孩子了！

小学毕业后，小庆又进了鹤壁市一所私立初中读书。

初中课业重，学习也紧张得多，这些都不是问题，同样的问题是学校离父母的家太远，随着成长加快，这种距离越加增加了小庆和父母的隔阂。特别是到了周末，当其他同学随着父母欢天喜地回家时，他父亲很多时候因为在井下上班，不能来接他，他妈妈因为小店生意也离不开，小庆由眼巴巴翘望父母的身影，到一点点渐渐凉下来，心情会一下坠到冰点。

他虽然跟父母生活在同一座城市，却与生活在老家的留守儿童没区别，甚至孤寂感更强烈。

转眼间，小庆初中毕业，他长成 15 岁的半大小伙子。

他是外来人口，不能在鹤壁上高中，父母想方设法，到处托人，有位亲友帮他在天津联系到一家不错的私立高中，于是，年纪不大的小庆又一次离开父母，到陌生的天津独立开始自己的生活。

这所学校不大，只有 500 多名学生，绝大部分是户口在外地的学生。

学校管理严格，对学生的自律要求比初中高多了。这方面对其他同学有难度，对小庆来说却是轻轻松松。他长期不在父母身边生活，没法在父母跟前撒娇，却在不知不觉间练就了一个很能讨人喜欢的本领。在这所私立高中，不仅老师、同学喜欢他，连管宿舍的阿姨也非常喜欢他。阿姨会从家里专门带饺子来给他吃，还会在周末带他到家里，让小庆跟她儿子一起玩，她儿子比小庆小三岁，两人很快成了好朋友。

但对小庆最最重要的，是他在这所学校，结识了自己的女朋友。

高中阶段，学校是不允许学生谈恋爱的。

那个女生是小庆的同桌，姓黄，来自江苏南京，跟随在天津做水产生意的父母来这里读书，豆蔻年华的女孩，浑身都在发光，这孩子性格上落落大方，经常跟小庆一起做作业，讨论问题，两个人很是谈得来，渐渐就成了无话不说的好朋友。

从小就"留守"，一直孤苦无依的小庆，身边突然多了这么个可以说知心话的女同学，就像孤独的夜行人看到了北斗星。虽说自己不明白这究竟是一种什么感情，但他就是打心底觉得小黄特别特别亲！

他们的亲昵关系很快引起了不少同学的艳羡，小庆长期潜藏在心中的不安全感让他对这种艳羡感到害怕，同时，虚荣心让他又觉得特别享受，倒是小黄，似乎什么都没察觉，依旧落落大方，有时还会从家里带水饺和零食给小庆，每次都让小庆和同寝室的同学好好分享一番。

但同学们在享受了小黄的美食后，却对小庆和小黄的关系渲染得更加起劲了，一来二去的，把这两个孩子跟前的窗户纸给捅开了。

关系明确了，但都是纯真得洁白无瑕的大孩子，在校园里是绝对不敢约会的，只能在周末时，小黄提早从家里出来，两人在街上走一走，然后一起到校。

这天，小庆和小黄手拉手正在天津的大街上走着，没想到，正驾车行驶在路上的小黄爸爸看到了，小黄爸爸想不到女儿竟然陷入早恋，气得不行，在他们跟前把车停下来，一把将女儿拉上车，气咻咻地一踩油门走了，留下小庆呆呆地站在路边发傻。

小庆恍恍惚惚回到学校，担心女友被父亲提溜回家后受到喝叱，禁止他们相互交往，一整夜翻来覆去睡不着。次日早早赶到教室，小黄却迟迟未到，直到上课铃响起，才最后一个落座。一下课，小庆便侧过头急急地问小黄："昨天怎么样，吃苦头没有？"

小黄低着头，恻恻地说："被他们骂得狗血喷头，不许我们继续来往……"

小庆心里顿时凉了半截："那怎么办？"

小黄不屑地说："哼！就由他们说了算？"接着又淡淡地说，"以后要注意一点，等高中毕业再说吧。"

小黄几句话犹如春风入耳，让小庆格外振奋！

此后两人虽然只能在课余偶尔说几句闲家常，但对小庆来说，却句句入耳入心，觉得自己前途一片光明，人生好有意义。

进入高三后，为了迎接高考，课程一下紧张起来，同学们都进入状态，闷头学习。本来学习成绩就非常一般的小庆偏偏这时搭错了脉，迷上了网络游戏，一有时间就猫在宿舍打开电脑发疯似地玩游戏，不肯将心思用在学习上。细心的小黄发现后，一次次地对小庆发出警告，要求他放下游戏，将心思放在学习上。小庆表面上一次次答应，但转过身就我行我素。小黄看着小庆在一次次测验中一塌糊涂的成绩，非常生气，给他塞了张小纸条，上面写着：桥归桥，路归路，以后不要跟我讲话！

小庆看到纸条傻了眼，再三向小黄保证，以后再也不玩游戏，小黄冷冷地问："你说过多少回不玩了？你再说一百回还是会玩。要我相信你没玩，给我看你的考试成绩！"

考试成绩的确是硬杠杠，小庆再也没法偷奸耍滑，咬紧牙关，终于打起十二分精神，钻到了书本里面。

从此，小庆对小黄除了感情上的依赖，还多了一份服从。

高考成绩出来，他们都过了分数线，小庆只够上三本，小黄则好得多，有希望进入二本大学。但为了与小庆在一起，小黄决定自降身价，跟小庆上同一所大学。

小庆进高中不久，他父母就从鹤壁转到江苏常州谋生，他父亲在火车站做调度员，两年多时间，就升为领班，收入情况有了显著改善。他母亲凭着一手做面食的手艺，开了一家面食店，生意也非常红火，全家终于从捉襟见肘的境况中摆脱出来，成为一个较为殷实的小康之家。所以，小庆决定去常州上大学，跟父母在一起，毕业后在常州就业，以后家就安在常州，全家人就可以真正地在一起生活了。

小黄这边，终于向父母摊开了她和小庆的关系，小黄父母专门召见了小庆，见到这个身材高大，阳光俊秀的孩子为人忠厚，待人接物彬彬有礼，同意他们确立恋爱关系，又因为常州就在他们江苏老家附近，更同意他们一起去常州上大学。

三

　　就这样，小庆和小黄双双被常州一家职业技术学院录取，小庆学的是三年制的电子信息工程专业，小黄则是工商管理专业。

　　大学生活以学生自律为主，小庆和小黄虽然在不同系不同专业，但见面约会比高中时方便自由，两个年轻人这时才有初浴爱河的感觉，但都还比较理性，知道以学业为重，时间一长，小庆又有些管不住自己，受一些散漫同学的影响，他已经戒掉的游戏瘾又犯了，先是在手机上玩玩小游戏，接着玩上了网上的大型游戏，这一玩就一发不可收拾，为了有时间打游戏，他很快学会了逃课、翘课。

　　在游戏方面，小庆不仅兴趣浓厚，而且天份很高，他能利用专业特长，在程序上研究游戏中的漏洞，利用这些漏洞，通过改写程序，很轻易地获得游戏装备，完成别人需要很长时间才能做到的晋级，成为顶级玩主。成为顶级玩主后，他在游戏世界成为行侠仗义的大侠，看到飞扬跋扈的游友，他会率一帮小弟前去"灭"他，遇到可怜巴巴缺钱购买装备的小弟，他大手一挥直接就把高端装备送给他。在这里，他有很高的江湖地位，可以无所羁绊，随心所欲地驰骋江湖，这样的感觉对他来说，真是棒极了！他沉迷其中，都不知道这个虚拟世界之外，还有一个要穿衣吃饭、有父母和女友的现实世界在等着他。

　　小庆如此轻易地沉迷游戏，根源还是在于他由来已久，潜藏在骨子深处，从留守儿童开始的不安全感，这种强烈的不安全感无形之中，控制了他在现实世界的空间和自由，而在游戏世界，这种不安全感完全消失，在这个虚拟世界他完全可以掌握自己的命运，实现最大的自由。

有一天，宿舍同学神叨叨地告诉小庆，他看到小黄和一位男生在街上散步，那神态非常亲密！

室友的话像一声雷，把小庆炸醒了，他这才意识到，不知不觉间，自己把小黄冷落一边已经很久！他急三火四跑到小黄跟前，问她是不是有了二心。

小黄看着小庆着急上火的样子笑了，漫不经心地说："你都不管不顾我了，这是着的哪门子急？"

小庆心里很虚，但还是壮着胆说："你和别的男生一起出去玩，就是不行！"

"你哪只眼睛看见我和别的男人出去玩？"

小庆气急，"有同学看到了！"

"那是你听来的喽！我告诉你，听到和看到是两码事，你要弄清楚！"小黄不阴不阳，不直接回答小庆的问题，把小庆急得不行。这个当口，小庆又一次明白小黄对自己太重要了，自己完全离不开小黄，于是，他坦诚地向小黄道歉，说自己不该冷落她，小黄愉快地接受了道歉，告诉小庆，她作为班上的宣传委员，上次为班级活动采买一些材料，因为太多一个人拿不回来，这才找了班上一位男生一起去的商场，根本不是出去玩耍。

两人重归于好，一切似乎恢复平静，但小庆却因为在游戏世界沉浸太深，对学习完全失去了兴趣和动力，不想再踏进教室一步，他郑重地提出退学申请。这个荒唐想法，遭到了女友和父母的一致反对，但这时的小庆就像妖魔附体，谁的话也听不见，坚决要求退学，早点进入社会，自己养活自己。父亲拉不回儿子这头犟驴，只好帮小庆把退学申请改成休学申请，办好休学手续。

　　小庆离开学校，当然不好意思闲在家里靠父母养活，经人介绍，他去学铝塑门窗的加工和安装手艺，他经常把一根根长长的型材搬上楼，爬到空空的门、窗框里去量尺寸，然后切割，加工后再安装，一天干下来，不仅累得要趴下，而且得时刻小心，不合规程就有可能坠落，造成无法追悔的后果。但再苦再累，他都无处诉说，因为这是他自己选择的生活。

　　一年后，吃尽苦头的小庆乖乖地重返学校，完成学业，拿到了毕业证书。

　　这时，他的女友小黄已经顺利毕业，工作一年了。

　　毕业后，小庆换了几个单位，工作都不如意，2014 年，他和女友一起应聘，成功进入一家总部位于上海的常州分公司，小黄做行政，小庆从事他喜欢的 IT 岗位，两人得心应手，在这家公司找到了自己的位置。特别是小庆，初进公司时公司的网络系统不稳定，经常发生故障，这里出现问题还没处理完，那边又急吼吼地催促他去排查，像一个救火队员。他的技术在这里得到充分发挥，也得到了公司老板和同事的认可和重视，与他们相处融洽，很多人成为好朋友。虽然收入不算高，但身份价值在公司都得到足够体现。

　　这时，双方家长觉得他们经过这么多年的交往，感情上水到渠成，已经从恋爱升华到谈婚论嫁，家长们开始张罗着给他们买婚房，准备装修、买汽车、置办各种婚庆及生活用品。

　　婚礼计划在 2017 年内举办。一切都在有条不紊地推进，人生向他们打开了全新的大门，生活已向他们展现了明媚的笑脸。

　　也许是人生太顺利，也许是已经跨入门槛的幸福让她有点忘乎所以，一直平静安详，从来不生事、不太让父母烦心的小黄，突然在这个关键的节点上，辞去了长达三年的工作，跳槽到了一家新公司。

这是一家新公司，新成立不久，小黄一进去，便成为筹建组人员，成为创始级别的员工。一进这家公司，小黄就特别忙，尽管工资待遇比原来的公司少很多，但她却乐此不疲，每天要忙到晚上七八点钟才能回家。小庆问起她在新公司的情况，小黄伸出大拇指，说："前途无量！"

这简明扼要的几个字虽然分量很强大，但小庆却没往深处想，仍在现在的岗位上，按部就班，又恪尽职守地工作着。

但忙得脚不沾地的女友每时每刻都在吸引着他的注意力。他很好奇，一向文静的女友怎么突然就被打了鸡血，爆发出如此强烈的创业激情来？

小黄说，她所在的这家新公司，主要业务是为中小微企业作互联网推广以及金融增值服务。

听到互联网，小庆的眼睛就亮了：这是他的强项啊！这三年来，公司的整个网络运营，是通过与互联网的驳接才得以稳建运营和推进，而他是维护这个系统的核心技术人员，他想，凭着自己这一手技术，进入女友的公司，肯定得心应手，应付裕如。

这些年下来，他在潜在的不安全感驱动下，不知不觉间形成了对女友的依赖和完全信任，连女友没跟他在一起公司，他都觉得不习惯了，他想跟女友在一起！

于是，他非常正式、非常认真地向女友提出，他想进她的公司。

女友告诉小庆：公司现在初创阶段，收入不高，比他现在的收入要低不少。

小庆不假思索，回答道："我不在乎！"

　　年轻人啊，凭着这股劲，你不在乎跳槽过去收入过低，但你怎么就不想想，至少也要多问一句，中小微企业的互联网推广以及金融增值服务，具体有哪些内容呢？

　　在他潜意识里，女友都这么投入地做，那还有错？跟着她一起做就行了！

　　小黄带着小庆去见老板，老板对小庆入职表示非常欢迎，但他不需要小庆给网络维护，小庆如果想进公司，只能从事一线业务工作。

　　小庆又是不假思索，一口答应！他根本没想，也没去问，所谓的一线业务工作，具体有哪些内容，自己能不能胜任？

　　他的潜意识里，还是只要自己的女友在做，那就不会有错！

　　去公司办辞职手续时，三年来相处融洽的同事们对他的离职表示非常惊讶，非常不舍，更加不舍的是他的老板，因为老板现在仍然离不开这个得力助手，而且一时还招不到能顶替的人才，于是百般挽留小庆，升职加薪的允诺一项项提出来。小庆却像吃了迷魂药，一门心思只想早点进入小黄的公司。最后老板只好非常惋惜地表示，如果在新公司不顺心，他随时可以回来！

　　小庆笑着摇摇头，心里想，只要我出了这道门，那是再也不会回来了！

　　进了公司，小庆才知道，女友小黄在公司一身兼数职，主要是行政主管，但还兼着人事，还得兼业务拓展，怪不得忙得脚不沾地！

　　也许是老天想帮他一把，小庆刚进公司不久，他父亲的身体就出了状况，

　　小庆十月份进入公司，适逢父亲身体突遇不适，一会儿心绞

痛，一会儿大喘气，闷得透不过气来，他向公司请假，带着父亲去南京等城市好几家大医院检查，终于排除了冠心病，他认为这是虚惊一场后，不等安排好父亲，甚至没替父亲继续向单位请假，自己就匆忙地赶回单位上班。尽管他仍对业务不熟悉，但入职不到两个月，就经常请假，正经的工作都没怎么展开，他觉得挺对不起公司和老板的。

他记得非常清楚，他把父亲安顿好，赶到单位，才知道女友小黄也因劳累过度，身体不适，在家里休息。中午时，他给小黄发微信，问她身体怎么样了，小黄说，她只是太累，休息一两天就会好的。这两天正好两位闺密从南京过来看望，她们仨一起窝在家里，非常开心，中午还做了猪脚炖黄豆，吃得可香啦！

小庆松了一口气，刚放下微信，突然，办公室的大门"咣当"一声，被重重地打开了，一群神情严峻的人闯了进来，有个人大声喝道："我们是警察，所有的人双手抱头，坐在自己位置上，不准动！"

紧接着，这些警察迅速站在每个职员身边，把每个人都控制起来。

最先被控制的是公司老板和一应高管。

小庆被眼前的一幕惊呆了，他壮着胆问站在自己身旁的警察："我们只是正常上班，犯什么事了？"

警察对小庆喝道："你怎么这么多话？不要说话！"

小庆吓得再也不敢说话了。

接着，警察命令现场所有人把口袋里的东西全部掏出来放在桌上，把手机号码、微信号、QQ 号、支付宝账号以及密码统统写下来，之后把全体人员带到院子里，在墙边依次排好，然后，

203 的故事

警察对办公室所有电脑和办公桌进行了仔细的搜查，凡他们认为有价值的文件、合同等全部按人头登记造册，然后予以查扣。

很多员工已经吓得瑟瑟发抖了，小庆却觉得自己没事，直到手铐"咔嚓"一声套在他的手腕上，他仍然觉得自己绝对不会有事。

直到一辆大巴带着他们全部人驶离办公室，带到一个派出所里，尽管一路上不少同事已经吓得不行了，他还是觉得自己没事。

在派出所内，他们按要求依次进行指纹采样和拍照，然后被带到审问室，几位警察对被抓的所有人员进行了简单的询问和笔录，转眼间已是傍晚五六点钟了，小庆依然没有意识到自己面临问题的严重性。小庆甚至天真地想，办好这些手续，警察就会把自己放回去。

天都要黑下来，他们不仅没被释放，还与公司在另一处办公的员工汇合，分乘两部大巴，由警车开道，上了高速公路，连晚饭都没吃，连夜离开了常州。

即使这样，他仍觉得自己不会有事，他现在关心的是女友会不会在另一辆大巴上。

大约四五个小时后，两部大巴驶进了 L 市公安局刑事侦查大队楼前，此时夜已深了，走下大巴的小庆被深夜刺骨的寒风一激，浑身冰凉，打了好几个寒战。

接着，小庆他们这一拨被带往 L 市当地的一家派出所，又是按惯例进行指纹采样，拍照等等，然后便依次在派出所接受讯问。

轮到小庆受讯时，一位好心的警官见他差不多一天没有喝水进食，便塞给小庆几个面包和一杯水。

做完这一切已是凌晨二时。小庆心烦意乱睡不着，在候审室整整站了一夜。

凌晨六时，警察告诉所有人：可以和家人打个电话，通报一声情况。

小庆还是没有觉察到事情的严重性，为了不惊动父母，他没有选择给父母打电话，而是提出打电话给女朋友。

警察问到了小庆女友的名字和电话，迅速看了一下手中的资料，冷冷地说："她的电话不可以打！" 于是，他选择给一位朋友打电话，简单说了自己的情况，特地关照朋友说："事情并不大，请先不要告诉我的爸妈。"

一旁的警察冷笑道："天都捅了，还说事情不大！"

接着，警察又将小庆和同事们带去 L 市人民医院，给每人做了体检。然后被送进 L 市看守所。

这就是小庆中午放风时就被送达看守所的原因。

四

小庆对我说："从车上下来，一看到这高高的大铁门，我的心顿时凉了，这才知道远比我想象的严重得多！"

他怎么也没想到，也想不通，自己一个在公司拿薪水，普普通通的员工，怎么会遭遇这样的不测之祸！

通过与提审警官多次沟通交流，小庆终于渐渐明白他们公司的性质和问题。

公司定位通过互联网为客户推广，并向客户收取一定费用，这本身没有问题，事实上他们也基本按合同约定做到了，但他们的业务同时附加了一项金融服务，名为增值的金融服务，这才是公司以推广为名，干的是另一种勾当。在这项业务合同中，明确指出只要签约，公司会协调银行、小贷公司等为客户融到一定数额的资金。

对很多本就缺少发展资金又缺乏融资渠道的小微企业来说，能够融到资金才对他们最有吸引力。为了达到融资目的，这些客户会违心接受小庆所在公司的推广服务，签订服务协议，支付相应费用，然后等着贷款到账。

但银行放贷有严格的规程，更有严格的风险控制体系，不可能因为小庆所在的公司与客户签定了协议就松开放贷的口子，这些客户支付了相当的费用，却拿不到自己急需的贷款，自然很不满意，要求退款、解除协议的要求更得不到回应，当初业务人员为争取协议各种天花乱坠的承诺统统不能兑现，有些精明的客户终于明白，自己上当了！其实就是以融资为诱饵，行金融诈骗之实。而小庆所在公司的老板，因为跟客户所签协议收取的是互联网推广费用，是合法正当的收入，以为谁都不能把他怎么样，对客户的所有正当诉求一概视若无睹，这样一来，引发了众愤，一位 L 市的客户向当地公安机关举报了小庆所在公司的诈骗行为，公安机关经过细致的侦查评判，认定小庆所在公司以互联网推广为名，以可以提供融资贷款为诱饵，获取客户钱财，涉嫌金融诈骗。

而从事"互联网推广"业务的公司员工，都成为涉案人员，一个个都得接受拘押审查，通过司法程序确定是否犯罪。

这个代价太大，小庆承受不起，但承受不起也得承受，每个成年人，都必须为自己的行为承担后果和责任。公安机关负责调查取证，检察机关决定是否起诉，法院判定是否违法，如果违法，则要接受相应的处罚。

在"留守儿童"的环境中长大，一直缺少安全感的小庆，心理上对女友产生盲目的依附和信任，虽然走的是合理合法的就职程序，却对从事的工作不作任何观察辨识，置身诈骗犯罪罗网却不自知，对正处锦绣年华、一身阳光的小庆来说，实在令人惋惜。从他时间不长，也并不复杂的人生历程看，值得反思和警醒之处，实在不少！

小庆在渡过了初期那种困惑、绝望、惶恐、灰暗的阶段后，情绪和心态逐步稳定下来。

我知道，在小庆的潜意识里，甚至在他明晰的思维活动中，他都认为自己还是从前那个满身阳光、干净整洁的大男孩，身上没有任何污点。面对这么美好的一个大男孩子，我不知道是要提醒他正视他已经犯下的过失，还是鼓励他当下这种回避过失，自认为洁白无瑕的感觉。

他的父母不时给他送来钱物，让他心生被牵挂、没有被遗弃的温暖，他会念叨着出去后一定要对父母更好，特别是要和父亲多交流、多沟通，再也不要让他们为自己多操心。

他更记挂的是女友小黄，从上囚车那一刻起，就再也没有小黄的任何消息，他心心念念的都是小黄，经常跟我说，出去后，他想马上跟小黄结婚，成家立业，担起男人的责任，让他关爱的人都得到幸福。

有一天，小庆突然问我："汪老师，假如我将来到您公司应聘，您会录用我这个沾着'诈骗嫌疑'污点的人吗？"

我知道他想问什么，想了好一会，说："你将来会遇上怎么样的老板，这不是你能确定的，用不用你，我觉得都不重要，重要的是你有怎样的心态，怎样的能力。且不论我们的社会如今有了更大的包容性，即使没有这种包容性，你应该多想想，你能怎么办？"

小庆真是个聪明的孩子。第二天，他就兴奋地对我说："汪老师，我想通了，我们今后立身为人，重要的不在别人，而是自己。其实社会给每个人都留着机会，只要你有能力，别人不用我，我可以自己干，照样可以活出精彩的人生！"

我好想紧紧握住小庆的手，给他一个热烈的拥抱，祝贺他终于在心理上迈过了人生的一道坎！

我祝愿，并且相信，小庆这个根性纯良、聪明能干并且积极向上的大男孩，一定会有美好的未来。

祈愿上天眷顾这个孩子，多给他一些精气神。

再给他一点好运气！

闯三关

　　L 市地处浙江中西部，典型的江南气候。

　　江南是中国一幅柔美的画卷，好山好水好人情，物阜民丰，文化深厚，堪称大中国的沃土宝藏。但不谙江南的人们可能不知，四季分明的江南，也有它难耐的时光，那就是江南的酷暑和严冬，特别是这些年来地球"厄尔尼诺"现象日趋严重，江南经常处于夏季高温、冬季严寒等极端气候的侵袭中。

　　其实，夏天来临前夕，江南先要经历二十来天的"梅雨时节"，那是空气挤挤能冒水的时节，成天阴雨绵绵，室内泛潮、衣物发霉，身上不时冒出细汗，不管怎么待着，都是各种不舒服，胸闷气短、肠胃不适、腰膝酸软、关节疼痛、皮肤瘙痒等这些老冤家，一个接一个地找上门来跟你闹事，如果控制不好情绪的阀门，那些负面情绪会像水龙头的水，一旦打开就稀里哗拉地泄个没完。

　　在 203 监室，罩在梅雨时节，跟罩进蒸笼的感觉差不多，只不过蒸的是温吞水，下面缺一把干柴，不然，整个人早就给蒸熟了。

　　就算没蒸熟，各种难受劲甭提有多难受。想想在外面的时候，这个时候不论在公司还是家里，把空调设定在"除湿"状态，如坐春风，那是何等惬意呀！

　　"梅雨时节"难挨，但进入酷热的夏季后，我们方才明白，这个极端难受、难挨的"梅雨时节"，不过是大餐开始前的一道小菜。

2017 年夏天，于我而言，是"脱胎换骨"的一个季节。

在这个季节，我闯过了三道难关。

第一关，蚊子关。

L 市看守所建在城郊，四周都是田地和土坡，草木繁盛，植被丰富，是蚊子们的大好家园，它们在这里大肆繁衍生息，子孙成群结队，亿亿万万。

203 监室为透风透气，门窗大开，一间大屋子挤着十七八位血气方刚的汉子，各种人体气息为蚊子们喜闻乐见，时间一到，它们就成群结队蜂拥而来，在夜黑风静之际，面对这一大堆裸露于外、毫无遮盖的鲜肉，它们喜不自禁，伸着尖尖的嘴针，像战斗机般肆无忌惮地展开一轮又一轮的冲击，瞅准部位，就狠狠地扎下去，像孩子吸奶瓶般大口大口地吮吸起人们身上的鲜血，不一会儿便吸得肚儿圆圆，而被它们无情吮吸的人体，却在酷暑带来的困顿中呼呼大睡，对此充耳不闻。

面对这样的盛宴，蚊子们大快朵颐，日夜往来不绝，川流不息。在人类丰盛的滋养下，它们一个个膘肥体壮，子孙越来越繁盛。

我自然也是蚊子的"盘中餐"，面对蚊子的无情袭扰，我们不仅没有空调、电风扇等防御利器，连蚊帐这样的普通防御品也没有，完全是敞开城门，任由其放肆进攻。

老包是个很能沉住气的人，每天入睡前，他必倚墙而坐，双手紧扣，双腿盘起，双目微阖，如老僧般趺坐一个小时以上，调整内息，然后倒头便睡，深度入眠，次日时点一到，必定准点起来。但到了蚊子明星轮番上演的季节，镇定如老包者，终于也不堪其扰，不得不挥舞双手，徒手与蚊类搏斗。

这天晚上，我正为如何能在群蚊猛攻中快速入眠而苦恼，老包却在那边叫道："汪老师，你过来一下。"

我凑过去一看，老包正怔怔地对着一只蚊子发愣。老包说："这里的蚊子吃得太好，它们都变种了，颜色都不一样了。"

我的目光顺着老包手指的墙面一看，上面一只已吸了满满一肚子鲜血的蚊子趴在墙上一动不动，显然因吮吸过度，它飞不动了。这蚊子与以前印象中的黑蚊子不同，竟然变成浅浅的米黄色，它的喙又长又细，由于经常活动的缘故，得到优先的发育，比普通的蚊子更细更长了。它趴在墙上，将长长的喙在我们面前上下抖动，似乎是炫耀，又像是在示威。

说时迟，那时快。老包毫不犹豫一掌击去，"啪"的一声，老包的手心和墙上同时现出大大一摊血渍，在惨白的长明灯下煞是醒目。

紧接着，老包连续出掌，掌法迅捷无伦，"啪啪啪"一路狂击，惨白的墙壁顿时一片殷红，像是白墙上绘出一幅抽象画。

人蚊大战就此展开，203 监室不需要动员，马上全员参与，展开了与蚊群的激烈对攻。这一晚，我们几乎没有睡觉，抓住一切机会，只要蚊子胆敢进攻，便坚决予以歼灭。

虽然蚊子来去无踪、神出鬼没，我们拼尽全力也无胜算，但这一夜鏖战，拼出了我们的血性。反正都是彻夜难眠，不如血战到底。

蚊害终于引起了看守所重视，在大家一致要求下，蚊香被采购进来，每个监舍各置一盘，每晚由值班民警手执一具大大的蜡烛，挨个点燃。

这蚊香由河北保定的一家工厂生产，特别标示"监狱专用"，也就是说，里面没有用来搁置蚊香的铁支架，因为监舍内不允许有任何铁制硬物。但这难不住我们，喜欢动脑子的"猫头"用硬纸板制作了一个蚊香支架，足以支撑到整支蚊香燃尽。

自从点上蚊香后，蚊害大为减轻，绝大部分人再也不用在夜半时分还起身拍打蚊子，可以酣然入睡了。我的情况比大家差一些，但也由连续不断的彻夜难眠，转为每天晚上都能睡上个三四个小时了。对我来说，这相当不易，我已心满意足。

第二关，是高温关。

时间到了八月中旬，天气持续晴好，气温往40℃上直拱。火辣辣的太阳晒蔫了半个地球，看守所在它的反复照射下，变成一座闷热无比的蒸笼，我们置身于这个大蒸笼内，忍受着酷热的煎熬和折磨。我本就脆弱的身体，在这样的煎熬中，唯有苟延残喘而已。

我顾不得尊严和体面，和大家一样，只穿一条窄窄的内裤和一件绝不可不穿的号服，手摇着从方便面包装箱上扯下的硬纸扇，坐在笼门口，大口地喘着粗气，以为离笼门口近一些，可以蹭一点透门而入的凉风。但空气似乎纹丝不动，偶尔扑来一阵风，哪是什么凉风，简直是腥风，带着比室内更热的热浪，是毒辣无比的阳光直射在门外操场水泥地面形成的热辐射带出的滚滚热浪呀！我只得怏怏站起身，离开笼门口。

面对这样的高温，203监室的人们开始了自救。

我和老包不再像往常那样，将预订送来的方便面包装箱拆解成牛皮纸以供我书写之用，而是把它拆成一块块可以充作摇扇的纸板，分发给大家。一时间，203监舍人手一把"康师傅牛肉方便面"或"蒙牛酸酸乳"牌纸扇，这些纸扇在各人手中上下翻飞，倒也热闹好看。

"猫头"将所有能盛水的脸盆和小桶都注满了水，他在边上悠然地摇着"纸扇"，蹭上自来水散发出来的一丝凉意冷气，好过边上大汗淋漓的一群人。

下午三时是气温达到最高值的时候，我们就借搞卫生之名，开始大盆大盆向地面和墙面泼水，在四溅的水花中，我们能感受到丝丝凉意。

晚上七点《新闻联播》开播前是又一轮泼水高潮，让监舍的地面覆盖一层浅浅的水，我们踩着水收看《新闻联播》，也是203 监室一景。

但无论我们怎么努力，都难以抵挡肆虐无行的热浪。特别是不大的监室一下塞进十七八个人，每个人都像一个热力发动机，不断地把自身的热量向周边散发，这些热与外面的热浪内应外合，先后呼应，让我们每个人都热上加热。

这天晚上，轮到我值晚上第一班，值班时间从晚上九点到十一点半，我在监室来回踱步巡察，看着躺在笼板上的人们辗转反侧，人人身下的笼板、头垫的薄被都被汗水浸湿，白花花一片。

到了十一点半，我便去叫醒值下一班的老任和"贵州"，让他们起来接班。

去唤"贵州"时，我发现情况有异，他的脸色异常苍白，头垫的薄被像水浸过一样湿漉漉的。"贵州"有些费力地起来，我走到自己的铺位，还没躺下，便听得"蓬"旳一声，"贵州"往边上倒去，幸好一旁的老任挽住了他，另一只手按响了"警铃"，"嘟嘟"的警铃在半夜时分刺耳地惊叫起来。

我赶紧起身，朝老包喊："快！'贵州'晕倒了！"

老包赶紧起身，到了"贵州"的旁边，将"贵州"平卧，手已搭在"贵州"的手腕脉博上。

"贵州"渐渐不省人事，手脚开始抽搐。大家非常紧张，只有老包镇定地掐着他的人中，轻声叫着"贵州"的名字，不让他陷入昏迷。

不一会，两位值班民警带着值班医生赶来，简单察看了"贵州"病情后，直接把"贵州"抬出了 203 监室。

所有的人都怔怔地愣在那儿，沉默不语，只有老包挥挥手，说："都赶紧睡觉去！他只是中暑了，应该没事的。"

大约过了个把小时，"贵州"又回来了，是自己走着回来的，他的脸色比刚才红润了许多。我们都为他放下了一颗心。

这件事惊动了看守所，马上，一系列防暑降温的举措接二连三地落实下来，颇有点雷厉风行。

这些措施共有五项。

1. 在请示上级同意后，监室晚上不关笼门，加大通风降温力度。

2. 每人每周供应一次"绿豆汤"。绿豆有清凉去火的功用，虽然每人一周才一小碗，但已是珍稀之物，而且这绿豆汤炖得委实不差，豆酥汁浓，喝入口中，有沁人心脾之感。

3. 加大"十滴水"等防暑药品供应。

4. 每天下午四点半左右，为每个监舍配备两大块冰块。

可别小看了这冰块，真的非常有用。首先，酷热的监室内蓦然出现冰块蒸发的袅袅冷气，让人望冷气而生凉意。

另外，我们将已用自来水降过温的凉开水放入置冰的塑料筐内，用冰块继续给凉开水降温，使其成为真正的"冰水"，在这酷热难当的夜晚，能喝上这样冰凉的白开水，比外面任何有名的除暑饮料都要凉爽。

其三，放置冰块的地面让冰冰得透心凉，站在这块地方，凉意从神经敏感的脚心"嗤"地一下直达心腑，好爽，谁都忍不住想过来站上一会。

5. 允许每间监室可以有 4 个人从笼板移到水磨石的地面睡觉。

看守所一楼监舍的地面是水磨石地面，没有被阳光暴晒，又经过两轮凉水的浸泡，自然比笼板凉快得多。谁都想睡到地面，当然不是谁都能睡到地面的，但笼板上少了四个人，发热面积少了很多，散热空间多出不少，也大大好过原来笼板上人挤人人挨人的酷热。

我是监舍内年龄最大的人，又是资深"监民"，荣幸成为被特别照顾的四个人之一，这情意，至今仍感念于心。

第三关："痱子"关。

这一关简直就是鬼门关。

按照中医说法，"痱子"是由长期积累的湿热引起的。最近几十年来，随着社会发展生活水平提高，已经很少听说有人再生痱子了。但就是这几乎在人类绝迹的疾病，让我在 L 市看守所赶上了，并且全身大爆发，让我多次感到自己从鬼门关赶过去，又憋着一股劲儿赶了回来。

七月中下旬开始，我的背部、胸前、手肘等部位星星点点地出现一些痱子，偶尔会有一些瘙痒，稍抓挠几下就能缓解，倒也没有大的不适，对这些现在已经很稀有的小玩艺没有十分在意。

但到了八月中旬，气温越来越高，笼内炙热，周身开始大汗淋漓，于是痱子在我身上开始四处丛生。它们从星星点点开始，以星火燎原之势，发展为一块块、一丛丛、一片片，很快就如春风野火般，蔓延到了全身，颈部、背部、胸部、手臂、腿部等处，更是重重叠叠，密密麻麻，我的身体完全变成了红色，成为不折不扣的"红人"。

这现象也让 203 监室全体人员叹为观止，大家看着我犹如穿上红色铠甲的身体，不由得啧啧称奇，堪称奇观。

痱子初起时，起痱子的部位偶尔产生瘙痒，并伴有轻微烧灼感，这时只需要轻轻抓抓挠挠，基本可以平复，但全身密布痱子时，原来平滑的肌肤现在摸上去密密匝匝，凹凸不平，整个皮肤每个细微处，都在瘙痒，并带有热辣辣的感觉，这种瘙痒和烧灼感是在全身上下无处不在地存在着，尤其是红斑堆积处，皮肤已经变得极其脆弱，在强烈并持续不断的瘙痒和灼痛感下，强忍着不去抓挠非常难，但只要忍不住稍一抓挠，皮肤便即刻溃烂，而且是成片成片地溃烂，汗水流入这些溃烂处时，疼痛难忍，这种痛苦到了难以形容的地步。为了避免这些溃烂，根本不敢下手抓挠。

我知道有一种极其难挨的痛苦叫"万蚁噬心"，我想我当时经历的痛苦，应该近似于这种"万蚁噬心"。想想看，全身都被层层叠叠的瘙痒和热灼感所侵扰，并且无时无刻地侵扰着，让你恨不能生出千千万万只手来，把全身每个角落都抓挠个够，而你却只有一双手，但即使是这一双手，也不敢对任何一个部位抓挠，因为这些因病而脆弱的皮肤，溃烂后的痛楚，比现在的瘙痒和灼痛要强烈一百倍。我唯有咬紧牙关，死死地坚持着，完全是在硬顶死扛。

已经记不清多少回我被全身的瘙痒和灼痛折磨得近乎晕厥，进入濒死状态，又晃悠悠地回到了人间。每日每夜都要在这种死去活来中不断地挣扎，苦不堪言，却又无以言说。

感谢上苍，让我能在这样的劫难中挺过来，继续活着。

　　终于，在看守所推出防暑降温几大举措后，尤其是送冰块和允许睡在水磨石地面后，我被照顾睡到地面，离开木头上刷满油漆、光滑无比却不能吸汗的笼板，睡到零距离接触地气的水磨石地面，终于让我全身的湿热有了散发之处，在冰冷的地面上睡了十多天后，再加之进入九月天气逐渐转凉，我的痛苦也渐渐减轻，布满全身的痱子开始逐渐消失，后来终于踪影全无。

　　这趟鬼门关，我终于闯过来了。

　　夏天快过去的时候，这天，看到看守所唐副所长过来巡查时，顺便给我们透露了一点信息，上级有关部门正在研究，将来有可能在看守所监舍配置制冷设备。

　　感谢看守所在现有条件下充满人性化的管理，希望为监舍配置制冷设备的那一天早日到来。

棋差一着的"肾结石"

这天深夜，203 监室突然传出"哎哟，哎哟"的惨叫声，203 室全体人员都被这惨叫声惊醒，纷纷坐了起来——

在长明灯惨白的灯光下，一个身材粗胖的中年男子紧紧捂着腰部，倒在狭长的通道上，在地上来回翻滚着，口中不住地发出惨叫。这人年过五旬，傍晚才进来，没想到半夜就发了急症。

老包走到这人身旁，俯下身子，问道："怎么了？你哪儿疼？"

那人抬起满脸大汗的头，喘息着说："我的肾结石犯了，痛死了！"

老包走到报警器前，按响了报警器。通话器传来值班民警的声音："出了什么事？"

老包大声说："报告所长！我们这里刚来的新兵犯了肾结石，痛得在地上打滚。"

"知道了，马上就来！"

小庆看着在地上翻滚的人，深深"叹"了一口气，幽幽地说："都这么个身体了，还要作孽，遭这种罪，是不是报应啊！"

很快，值班民警和身着白大褂的医生来到监舍。他们看着在地坪上挣扎的人，双眉紧锁，神情严峻。因为入监前得做体检，医生显然知道那人的病情，说："你不是肾结石，是肾积水，B超做得很清楚，现在没有什么好办法，只能先吃点止痛药。"

说完，医生掏出止痛片交给值班的老赵，交待道："这止痛片先让他服用，半小时后如果不痛了，那就行了。如果再痛，你帮他塞一枚止痛栓，从肛门塞进去。"

老赵详细听完医嘱，接过药片和栓剂。值班警察和医生看着那人服下止痛片，然后退出了监舍。

那人服用药片后，依然疼痛难忍，去了好多趟卫生间，想呕吐。他坚持不睡笼板，要睡地面上，这样可以躬起身体，减轻痛苦。

监规是不允许睡地面的，但看他痛成这个样子，谁都不忍心提醒，相信看守所领导也会从人性出发，不会给203室扣分。吃下止痛片后，那人的疼痛并未减退，老赵遵照医嘱，把止痛栓塞进了他的肛门，过了二十来分钟，那人便不再折腾，竟然在地坪上睡着了。

从此，这个人有了新的名字："肾结石"。

第二天放风时，"肾结石"以犯病为由，堂而皇之地站在放风场的边墙角，看着其他人在放风场"一、二、一"地进行队列训练，在二楼过道上逡巡的警察看到他，说："你肾结石更加需要多运动，多喝水，怎么能缩在那里不动呢？"

"肾结石"一副老江湖，回道："太痛了，动不了。"

警察继续问："那现在痛不痛？"

"肾结石"回道："现在还好。"

"你得动！马上参加队列训练，动动对你有好处的！"

"肾结石"装作没听见，仍倚在墙角看着其他人，没有动。

在白天，"肾结石"不出现疼痛症状，看不出是个病人。但一到晚上，他的症状就会复发，又会痛得在地上打滚，哀嚎，然后拉警报器，报告警察，服用药物，并得到在地上睡觉的特权，在药物作用下安然入睡。

这样反复折腾几天后，"肾结石"终于不再折腾，也终于不痛了，步入与其他人一致的生活频道。

他这样一闹腾，让我们都知道他是个病人，不要去招惹他。

这是他想要的结果，但他不知道，203 监室没有人会去招谁惹谁。

"肾结石"是"老改造"，四十多天前，他服完七年刑期回到 L 市，现在又因盗窃罪羁押在看守所，成为我们的室友。

他是个把"聪明"二字刻在脑门的人，对自己的聪明有相当的自信，回归社会后，他很快发现钱不够用，但刚回时大哥已经给了他两千块钱，现在他不好意思再开口。

怎么办呢？他身无长技，虽然年纪不算大，但他觉得自己这么聪明绝对不能卖苦力，于是，他最擅长的本领又要发挥用场了。他的这个本领，就是几次让他进去的特技，每次进去，他也会反省，但他反省的是自己粗心，算度不精，以致马失前蹄。从来没想过，他只要伸出第三只手，那是一定会被捉的。

这次他做了充分的准备，非常小心细致，计划周密，自以为万无一失，绝对不会再落入警察手中。

他瞄上的是城乡结合部一幢二层小楼，这幢小楼地处偏僻，周围无大建筑，楼层不高，易于攀登，尤其二楼的一扇窗敞开着，就如张开的双臂，在迎接他的到来。而沿楼顶下来的一根排水管正好为他的攀登提供坚实的支撑。而且他再三打量，在此楼四周没有看到监控探头，一切都显得十分完美。

这天，"肾结石"来到楼前，前后左右仔仔细细观察了大半小时，确定屋内没人，四周安全，于是，手拎前二天刚买的黑色帆布电脑包，迅速地沿着排水管攀到二楼窗台前，用力攀住窗框，从窗台跳进了屋内。

　　屋内果真没有人，"肾结石"蹑手蹑足侦察一遍屋内情况，便开始翻箱倒柜，很快就从衣柜的抽屉找到两万元现金，他把两万元塞入黑色拎包中，回到窗前，仔细观察一番，又沿着落水管下到地面。然后拎着包，大摇大摆地离开。

　　这只是计划中的第一步，接下来，他要做到在现场不留任何痕迹，然后隐藏好偷来的财物，再造出他身在外地的假象，这样，警方即使怀疑自己，也拿不出任何证据。

　　他拦住一辆私家车，说尽好话求车主带他到 L 市区，然后走到闹市区，在监控探头清晰的监控下，大张旗鼓地招了一辆出租，向位于 L 市郊区的大哥家驶去。

　　二十多分钟后，出租车带着"肾结石"停在他大哥家门口。他大哥家大门紧锁，再三呼叫无人应答，显然没人在家。"肾结石"转身回到出租车上，因他大哥做木材生意经常外出，便指挥车辆驶向他大嫂上班的工厂，向大嫂要了大哥家门钥匙，再回到大哥家，他让出租车在外面等等，自己进了大哥家，关上大门，从黑色拎包中拿出两万元钱，思忖一番，抽出 3000 元塞到身上，将余下的一万七千元放入一个盒子中，塞入大堂正中搁几的抽斗里。

　　做完这些后，他环顾一番，觉得自己一切都做得天衣无缝，这才离开屋子，锁上大门，坐上出租车，还不忘去大嫂处交还钥匙，然后指示司机将他送到几十公里外的金华市，在一个热闹繁华的街口下了车，找了家小饭馆，在那里慢斟细酌，酒足饭饱后，找了家旅馆住下来。

　　他用手机给他大哥打了个电话，说有一万七千元钱放在他家搁几抽斗里，并说这钱是他借来的，请他大哥放心，但千万不要告诉任何人。

躺在床上，"肾结石"把所有的环节前前后后又梳了一遍，觉得滴水不漏，放下心来，志得意满地睡了个好觉。

第二天，他刚从 J 市回到家，警方就把他"请"到了派出所。

原来，房主发现家里被盗，立即报警，警方勘察现场后，认定窃贼从排水管攀登至二楼窗户入室作的案。

也是巧了，这户人家在正对着二楼窗户的大树上，安装了一个监控探头，探头装在树上，比较隐秘，竟然未被"肾结石"发现。他在警局的案底不要太多，警察一查监控，马上认出了"肾结石"。

"肾结石"以为派出所只是将他作为有案底的人进行排查，而他昨天已经做了足够的准备，以证明自己与案件无涉，谁知警察对他的一番说词不当回事，看他仍一再狡辩，就给他看了监控视频，"肾结石"这才乖乖地承认自己的入室行为。

但是，"肾结石"又给自己留了一手，他一口否认偷了那两万元。捉贼捉脏，只要警方起不出他藏匿的赃款，就定不了他的盗窃罪，搞不好还能免除牢狱之罪。

"肾结石"如此难缠，警方难道是吃素的？

警方仔细搜查"肾结石"住处，结果一无所获。然后开始抽丝剥茧般分析和判断，调取"肾结石"的通话记录，发现了他和他大哥有过通话。

七年前，"肾结石"入室盗窃一户人家七万元后，将赃款放在自己老实忠厚的大哥家，

警方将"肾结石"抓获归案后，"肾结石"拒不交代赃款去向。警方通过分析，推断赃款可能被"肾结石"藏在他大哥处，于是突然到访"肾结石"大哥家。经过政策攻心，仅片刻工夫，"肾结石"大哥便交出了"肾结石"交他保管的那七万元赃款。"肾

结石"人赃俱获，后来被判处七年徒刑。

"肾结石"一出来马上犯案，会不会跟上次一样，把赃款再次藏在他大哥家？

警方当然知道自以为聪明的"肾结石"不会简单重复上次的错误，他们去看守所提审"肾结石"时，故意不经心地问了一句："在你作案那天，与谁通过电话？"

"肾结石"心里一怔，忙不迭地否认那天与人通过电话。

警察见他矢口否认，心里便有数了。放下"肾结石"，直接去找"肾结石"的大哥。

这一次，因为有了上次的教训，"肾结石"的大哥告诉警察，那天他不在家，在外办理业务，他没有见到弟弟，更不可接触到弟弟的赃款。

他说的是实话，多人可以证明，但是，警察眼睛一瞥，看到搁几上有一只黑色手提包，经验丰富的办案民警真是好眼力，这只包与监控视频里"肾结石"手上的包太像了！

回到警队后，经过仔细比对，确认就是同一只包。

然后再次去看守所提审"肾结石"，"肾结石"察颜观色，认定警察没有线索，坚称自己空手而回，坚决否认在那户人家偷到钱。

办案警察警告"肾结石"："我们已经掌握了确凿的证据，你再顽抗到底性质有多严重，你要有数点。"

"肾结石"翻翻白眼，对警察不予理睬。

警察从手机调出"肾结石"落在他大哥家的那只黑色拎包的照片，给"肾结石"看，不紧不慢地说："看清楚，这只包是不是你的？"

　　"肾结石"看了照片，一方面埋怨自己粗心把提包落在大哥家，一面分析警方肯定没有在大哥家找出赃款，他定定神，故作镇定，回道："这包是我的。"

　　"这么说，案发后你去过你大哥家！"

　　"肾结石"答道："是的"。

　　警察继续追问："你之前为什么否认？连跟你大哥打电话都要否认？"

　　"肾结石"继续硬挺："我是去了大哥家，但没见到他，因为我接着要去 J 市，嫌手里的拎包碍事，便放在他们家搁几上了。我没提这一段，是不想给大哥惹麻烦。我没有偷到钱，请你们相信我。"

　　办案警官分析，"肾结石"和他大哥没有订立攻守同盟，"肾结石"大哥是一个好的突破口。他们再次来到"肾结石"大哥家，对"肾结石"大哥说："藏匿赃物也是一种犯罪行为，七年前你已经帮你弟弟干过一次，当时念你初犯，又配合公安工作，对你从宽处理。这次如果你再犯同样的错误，性质是非常严重的！"

　　"肾结石"大哥一听，非常紧张，结结巴巴地问："我弟弟有什么东西放在我家？我不知道哇！"

　　警官指了指还在搁几上的黑包提包，说："这包是你的吗？你还要我们多说？"

　　这话如惊天霹雳，震晕了"肾结石"大哥，他再也坚持不住，从茶几的抽斗里拿出那个放钱的小盒子，将里面的一万七千块赃款交给了警方。

　　人赃俱获，"肾结石"像泄了气的皮球，不得不交代了自己的全部罪行。

　　"肾结石"说起他失手的过程，像是在说别人的故事，语气里甚至还有神采飞扬，洋洋自得。事到如今，他仍然对自己的计划非常满意，只是百密一疏，没有看到藏在树上的监控探头，又把提包忘在了大哥家。如果补上这两个漏洞，他说，警方就算有天大的本事，也不可能抓到他。

　　一直听着故事的老包突然"噗"地一声笑了出来，他说："你忘了天网恢恢，疏而不漏。要想人不知，除非己莫为。你只要伸出手，就一定会有破绽，即使再聪明十倍、百倍，仍然有破绽，仍然得进来！"

　　"肾结石"仍然不服气，他手指悄悄指指离我们远远的，靠在墙角闭目养神的"保险箱"，说："破绽？你找得到他的破绽吗？"

　　我看看"保险箱"，再看看"肾结石"，心想，先不论"保险箱"能不能天衣无缝，就你这自以为聪明的怪脾气，不长点记性，不及早洗心革面，只怕将来只会不停地在监狱出出进进了。

"保险箱" 真的保险吗?

如果不是一起住在 203 监室,我绝不会想到他是犯罪嫌疑人。

"肾结石" 这种自命不凡的所谓 "高手",在他面前,简直就是 "渣"。

他戴着手铐跨进 203 监室时,仍然是一副端庄文静、气定神闲的 "腔调",像个温文尔雅、书卷气十足的书生。这个三十岁都不到的年轻人,一下子就给我留了个 "不凡" 的印象。

203 监室从来不乏高人,很快我们就弄清楚,他是一个专开保险箱的高手,技术高超。

"保险箱" 的雅号,就这么名正言顺地戴在他头上了。

他跟我们说的第一句话:"这里我待几天就走,最多再延长拘押几天,不会超过 37 天,就得放我走人!他们没有任何证据!"

这么淡定又这么牛气的话,委实把整个 203 监室的成员都给镇住了。

然后就见他经常被提审,他是我在 203 监室见过的提审次数最多,每次受审时间最长的人。

每次从审讯室回来,从不见他有丝毫的疲倦,总是一言不发,自己找个墙角,靠在墙上,闭目养神。光洁紧致的面部纹丝不动,看不出他任何内心的情绪波动,仿佛什么都没发生过,绝没有其他受审回来的嫌疑人那种面色凝重、印堂发暗、愁云惨雾的阴晦样。

但我们全都知道,他这些天面对的对手,绝不是吃素的,且不说他有多少事被逮着,仅以审讯方面专业而论,那是遇强更强,警方绝对会派出一流的专家，各种高尖精审讯技术，包括各种刑侦、证据以及心理的交锋，都是少不了的。只要是真有事，几乎没有挡得住的。

可"保险箱"就像个没事人似的，203 监室有人已经开始怀疑：这个人莫非真的没事？

一向谨言慎行的老包，竟也跟我一样，对"保险箱"发生了浓厚的兴趣，他问"保险箱"："这之前，你犯过事吗？"

"保险箱"看了老包一眼，仍用那种淡淡的语气说："上次在福建犯了事，判了 4 年。"

老包"哦"了一声，说："有前科。这次犯的是同类事吧？"

"保险箱"警惕地瞅瞅老包，说："这次我没事，啥也没有！"

"那你——"

"保险箱"淡淡地笑笑："怀疑不能作为犯罪的证据。"

接着，他竟然兴致大发，给我们讲起了他的故事。

他说，前不久 L 市发生了一起重大的保险箱被盗案，影响很大，甚至惊动了省城。不巧的是，案发的当口，他的车正好停在现场附近，车里正巧有一套开保险箱的工具，他又有盗窃保险箱的前科，于是，就被作为重大作案嫌疑，羁押到了 L 市看守所。

他两手一摊，一副无辜的样子，还露出几分微笑，说："警方没有我到过现场的任何证据，更没有起获赃物，他们怎么能定我的罪呢？这是不可能的事嘛！车停哪儿是共和国公民的自由，不需要理由，车里有开保险箱的工具，只能证明我有开保险箱的爱好，这跟别人爱好玩游戏是相同的。最多只能说我有盗开保险箱的嫌疑，连动机都谈不上，更别说证据了！"

他越是这样说，以我的人生阅历和经验，越觉得他是在"装"，他绝对是摊上事了。

从老包的眼神里，我读出了与我相同的判断。

他的这种装无辜，也让 203 监室的其他人认为，警方对他的羁押，准确无误，不可能是冤假错案。

但从"保险箱"的神态看，办案警察这回遇到真正的对手了。

接着，"保险箱"抑制不住洋洋得意的神态，满是自豪地说，他是社会公认的成功人士，开了一家贸易公司，手下有七八名员工，他的生意伙伴都是成功人士，平时交往的，也是身居社会上层的富人。他全身上下的穿戴全是名牌，价值不菲，连平时的代步工具，也是豪车。虽然后来警方查出，他这辆豪车只是租赁的。

这样的身份和行头配备，让他可以在高档小区畅行无阻。

我绕过他现在面临的案子，向他"请教"他以前盗保险箱的"光辉业绩"。

他还是淡淡地笑笑，没当回事一样，随口说："其实也没什么，知难行易，没外面想的那么玄乎。"

我也跟着笑，继续问："怎么个简单法？"

他说，首先选下手的目标很讲究，单位的保险箱不要去盗，一是单位的保险箱现在没什么现金，一般当天都送银行了；二是单位有保险箱的地方往往戒备森严，稍不小心就会在现场失手，或是露出马脚。而现在中国富人数量多，富有家庭很多都买了保险箱，他们有了保险箱就以为万无一失，往往疏于防范，很容易得手。有些家庭的钱财本来就不干净，即使被盗也不敢声张。挑准这些目标下手，是最好，也是最安全的。

又是一个非常自信且有自己特点的贼。连踩点也跟其他"同行"不同，他精细到对方的家庭地址、家里人口、职业特点、出入规律方方面面都摸了个透，对家里配置的保险箱型号和位置也都要了解清楚，即使花费巨大的时间和精力也在所不惜，从来不会像个无头苍蝇般地乱蹿撞大运，只要有一个条件不具备，他宁肯放弃，也绝不盲目冒险。总之，轻易不出手，一旦出手，一击必中。

为了避人耳目，他经常找不同的租赁公司租换不同的豪车。他介入富人阶层，频繁参加富人甚至名流在家中举办的各种派对，是他搜集目标、侦察情况、了解各种信息的便利方式。他不显山不露水地隐身在富豪中间，不被人注意。在反复比较筛选后，再确定行动的目标，制定行动计划，然后蛰伏一段时间，再挑选最恰当时机，迅速出击。

这个"最恰当时机"，也是非常有讲究的。比如，某个俱乐部开展活动，他能事先确定哪些人会参加，是否会携带家人，会花多长时间。如果是游艇会、组团旅游等需要几天时间的，确定了他们的行程目标才是难得的下手机会。

为了更确定，他甚至会主动提出送"目标"一家去机场，直到看到他们进入机场候机，他才放心大胆地动手了。

虽然他身怀绝技，开门入室一般不费什么力气，但他仍然事事精细，悄无声息，不留痕迹，绝不粗枝大叶，绝不留任何蛛丝马迹，特别是在现代刑侦技术的威慑下，他仔细到连 DNA 也不留任何痕迹。

等到按计划行动那天，他会召集几个朋友，找一个离目标很近的地方，一整天泡在一起，喝茶、聊天、打牌、吃饭、喝酒，一整天形影不离，一直待到深夜，等到一个个喝得东倒西歪、醉眼蒙眬之际，他会不动声色地悄悄溜出来，迅速赶到目标家中，利用最快的时间开门入室，找到保险箱，他凭自己手艺迅速打开保险箱，盗取里面的财物。然后，清除自己在现场留下的一切痕迹，再神不知鬼不觉回到朋友聚会的地方，叫醒迷迷糊糊的朋友，继续大吃大喝，然后兴尽而散。即使"目标"回来后发现保险箱被盗，一是时间上已经是数天后的事，很多痕迹会自然湮灭，二是即使怀疑到他头上，他也有很多人证，证明自己没有作案时间。而他事先勘察的路线已巧妙避开监控探头，现场的指纹、脚印与痕迹完全湮灭，更不会有头发等可以验证 DNA 的物质。

听了他不无炫耀的讲述，不得不承认，"保险柜"是个算计精密、智商高超的江洋大盗。从这次他羁押在 203 监室这段时间不断被提审的经历看，他肯定还有更高明、更隐密、不想让我们知道的绝招没有透露。

他算计如此精细，还是在福建露了马脚，入狱 4 年，说明再高明的盗术，也是有疏漏，肯定有破绽。但他怎么也不肯告诉我们他是怎么在福建失手被擒的，只是摇着头，有些无奈地说："马失前蹄，马失前蹄啦！"

就这样，我们看着"保险箱"一次又一次被带出去受审，一次又一次若无其事地回来。回来后闭目养神好一会后，虽然绝口不提刚才被提审的情况，但他淡然自若、谈笑风生的样子，分明就是在炫耀自己的高明，嘲笑办案警察的无能。

日子过得很快，办案机关在 7 天羁押到期后，又申请延长 30 天羁押时间，以进一步补充侦察，但仍然没有获得足够的证据对"保险箱"申请逮捕。于是，在法定羁押期满后，依法将他释放。

在住进 203 监室 37 天后，"保险箱"被释放时，我清楚地记得他走出 203 监室的情形，暗自得意的表情下，还夹杂着一脸的不屑。这样的自傲和蔑视，在他走出 203 监室后，让 203 监室的室员个个都愤慨不已，纷纷说：怎么能让这种人走了呢？这事铁定了，就是他干的！

我只是在心里想：别看他现在洋洋得意，不是不报，时候未到！

2018 年的某一天，在我回来两个月后，路遇一位刚刚出来的室友，他特地告诉我，我出来没几天，"保险箱"又进去了，还是住 203 监室，还是上次那档子事，这次，公安局终于找到了新证据，"保险箱"像个泄了气的皮球，整个都蔫了……

"大个"

"大个"来203室，是低着头进来的。因为他实在太高了，1米9的高个，在门口一站，像一座铁塔。

又是一个被粗砺生活打磨多年的人：一张粗糙的脸布满了龟裂似的条纹，一双大手干裂粗糙，有着刀刻一般的沟壑，再配上敦厚壮实的身板，觉得他扛得起一座山！但一双有点突鼓的眼睛和左脸颊一道长长的刀疤，让人触目惊心，又陡地让人生出些寒意。

这样的人怎么看都是经历了艰难困苦，想来必定历经沧桑、满腹心事，如果又没知识又缺理性，会更不讲道理，如此的话要多难弄就有多难弄，但谁也没想到，他却是个"话痨"，有一张永不停歇的嘴。从早上6:30睁眼起床开始，他的嘴巴就像开动的机器，再也停不下来。他与每个人聊天，聊天文地理，聊时政大事，聊人生感悟，聊案情分析，聊家长里短，反正是一个话题接着一个话题，使劲地聊，把一个个心事重重、不想废话的对手直聊得头昏目眩，神情迷离，昏昏欲睡。他还不罢休，一直要到对方在他面前垂下头，打起呼噜来，他才恋恋不舍地掉转枪头，打着哈哈寻找下一个聊天目标。

"大个"这个苦口婆心的专长，大大改善了203室的气氛，特别是他能声振屋宇的笑声，让203变得热闹活跃起来。

他这种浑若无事、大大咧咧的表现，却让其他人受不了，在这个狭小得没有自由的空间，谁不为自己摊上的事、面临的处罚以及未来的前途命运忧心忡忡呀？谁也没那个心情和兴致跟他一起嘻嘻哈哈。所以，从半残半痴的"更来"，到迷迷瞪瞪的"云南"和"贵州"，再到已经五进宫的"小不点"，个个见了他都躲，如果203室足够宽敞，早就躲得远远的了。

但"大个"有的是时间和耐心，总是信心十足、兴趣浓厚地逮谁就跟谁聊。

有一次，实在被他烦不过，我就问他："你怎么这样清闲呀？一点事也没有吗？完全不用操心了吗？"

他说，他之所以如此清闲，是因为他羁押后被取保候审。这次是因为法院进入审理开庭的阶段，才让他又一次进了看守所，现在法院已经开庭审理完毕，只等着宣判了。

这样一来，大伙更不愿意理他了。

这天一早，我犯了急性胃炎，胃部隐隐生疼，我紧皱着眉头，手捂胃部，闷声不响地倚在墙边，"大个"瞧出了我的异样，他走到我的身旁，轻轻问道："汪老师，你胃不舒服吗？"

我吃力地抬起头，点了点。

他马上说："不要紧的，过会医生就送药来了，我的药中有一片棕色的药，是进口的，能治胃疼，效果特别好，等会给你吃，保证你马上好！"

这时我才想起，每天狱医都会给他送来一大把药，让他服用。我说："谢谢！你的药你自己要用，我这胃疼是老毛病，过一会自己就好了。"

不一会狱医给他送来药片，他等狱医走后，挑出一片棕色药片，递给我。我因疼得有点吃不消，就服下。没想到不一会，胃疼竟然真的好了。

对他道过感谢后，我问他："你每天都吃那么多药，身体不好吗？"

他点点头，很认真地说："汪老师，不瞒你说，我其实是个病人，很重的病！"

我吃了一惊，忙问："什么病呀？"

他撩起上衣，胸前有一道长长的刀疤，像一条长长的蜈蚣爬着，很是惊心。

他说："我动过大手术，整个胃全部切掉了！"

我又是大吃一惊。

他说，他以前经常胃不舒服，反复疼痛，以为是普通胃病，没怎么当回事，过了好多年没好转，后来越来越严重，实在坚持不住，去医院一查，查出是严重的胃癌，只好动手术，切除了整个胃。他成为一个无胃的人，缺少这样一个食物的"中转站"和容器，他从口中吞下的食物直接进入了大肠，就得服很多药，帮助身体消化食物。而且一次性摄入的食物不能多，否则大肠和小肠承接不了。他这么个五大三粗的人，也只能少量多餐，不能像我们一样三餐进食，他只能每次吃很少一点，中间再泡方便面作为补充。

这也是他羁押后被取保候审的原因。

与"大个"有了这样的交集后，我们比以前更接近了，他跟我讲了他"犯事"的经过。

"大个"生活在 L 市农村，36 岁，家里还有个哥哥，感情融洽。出事前，他哥哥一位朋友向他哥借了两万元钱，承诺半年内归还。但一晃半年多过去，那位借钱的老兄不仅没有主动提还钱的事，甚至开始回避他哥，他哥碍于情面，只是偶尔打个电话提醒朋友还钱，不想那人不断地找理由搪塞，总是支支吾吾地拖延，没个准信。

虽然两万块钱对很多人来说不算回事，但这是他哥辛辛苦苦一点点攒起的血汗钱，以后还要靠这点钱派大用场的，别人借钱不还，他又抹不下情面，反倒成了自己的窝心事，经常为此长叹短吁。

后来，"大个"他哥托人要也要不回，只好自己亲自上门要，谁知借钱的比他这个讨债的还厉害，每次去不仅要不到钱，还要窝一肚皮的气回来。

这样一拖两拖又被借钱人拖了半年，那个人后来不仅对"大个"他哥避而不见，连他哥的电话也不接了。

面对这样的老赖，"大个"他哥束手无策，实在忍不下去，便找"大个"商量对策。

"大个"跟他哥感情很深，知道哥遇上这件的事，顿时火上心头，浑身血脉贲张，一掌拍在桌子上，喊道："竟然有这种事，还有天理吗？你别急，我和你一起去找他！"

哥被他的声音吓了一跳，说："他现在到处躲我，连电话也不接。"

"大个"说："哥，这事由我来办，你也不要担心，我保证把钱给你要回来！"

"大个"既不了解欠债人的为人，也没细想自己有多大的能力，就在气头上向自己的哥拍着胸脯作了保证，没给自己留下丝毫余地。虽说不算年轻了，却在亲情面前还是犯了急躁、冲动的毛病。

接下来一段时间，"大个"悄悄运用亲戚、朋友的关系，查找跟踪欠债人的踪影。

这天下午，一个朋友打电话给"大个"，说："那人悄悄地回到了家，你们赶紧去堵他！"

"大个"搁下电话，便开车赶到他哥家，拉上他哥，一脚油门便赶到欠债人家里。那个欠债人正笃悠悠地坐在堂前的空地上，喝着热气腾腾的茶水，忒是悠闲。

"大个""忽"地一下冲到欠债人跟前，猛地停下车子，和哥一起下了车。欠债人看着眼前的不速之客，挤出勉强的笑容，拉过身边的长条凳，招呼道："来…来来，喝杯茶！"

"大个"一屁股坐下来，他哥尽量保持情绪平静，说："今天和我兄弟一起来，就不讲闲话了，你借我的那 2 万块钱，超过借期大半年了，你什么时候还？"

欠债人虽被兄弟俩堵住，但心里显然早有对策，堆着笑容，说："真对不起，这一两年实在是手背运气差，做什么都亏本，力不从心啊！"

这时"大个"瓮声瓮气地插上一句："你这么说，是不打算还钱了？"

"不！我肯定不赖账，一定还！"

"大个"他哥追问："那为什么你人也找不到，我的电话也不接？这算什么事？"

欠债人一副伶牙俐齿："这不是不好意思见你，也不好意思接电话呀！我这段时间也跑在外面收账。我放出去的钱，也有许多收不上来，唉，一言难尽，我欠你的钱，别人也欠我的钱啊！"

"大个"听这意思，这家伙像是拿着他哥的钱放高利贷了，便说："我哥那两万元钱是他的血汗钱，以后家里还有很多用钱的地方，你是他的朋友，可不能害他！今天，你无论如何也得先还一万，剩下的一万，也要尽快还！"

欠债人装出一副可怜样，甚至把身上的口袋都翻出来，说："我现在实在是没钱。等我要到了钱，不管有多少，一定在第一时间还给大哥！"

"大个"在他哥面前作了保证，一定要替他要回欠款，这次好不容易堵住了这个人，如果空手而回以后更甭想要得到了。于是，他果断地说："我不管你什么情况，你能想什么办法，今天我们一定得拿到一万元钱！"

那人听了这话，不仅不着急，反倒是一副轻松下来的样子，说："兄弟，今天确实没钱，你再怎么逼也没用！"

他二郎腿一翘，转头看风景了。

"大个"见状，心里更急了："这么说，你今天不打算还钱了？"

欠债人晃着二郎腿："哪天有钱了就还，现在嘛，过段时间再说吧！"

"没门！告诉你，今天我兄弟俩既然找到你，就不会轻易走的！"

欠债人根本没把"大个"的话当回事，他把手里的香烟猛一摁，朝"大个"哥俩说："对不起，我不能陪你们了，我得出门去要钱了！"

站起身，手一摊，下了逐客令。

"大个"的火气这时被彻底激发了，他猛地站起身，吼道："不还钱就想走，没门！"

对方也不示弱："要钱没有，要命有一条！"

"大个"两眼喷火，攥紧双拳，朝欠债人逼了过去！

也许这正是欠债人想要的效果，他也猛地站起来，端起身下的长条凳，死死盯着"大个"。

"大个"这时真的被气炸了，见欠债人竟然要跟他动手，他猛地转过身，走到自己车子前，猛地一拉车门，进入驾驶室，"轰"的一声，一脚踩下油门，车子猛地朝欠债人冲去，欠债人猝不及防，看着猛冲过来的车子，吓呆似的，僵在那儿了！"大个"他哥也是意想不到，在电光火石之间，竟然也僵在一旁了。

说时迟那时快，"大个"的车子这么迅猛地冲过去，迎面站着的欠债人别指望能活了。

好在暴怒之下的"大个"在这个危急关头，终于有了一点理智，他一脚下去，死死地踩住了刹车，猛地一打方向，虽然车子靠着惯性仍然继续往前冲，但大半的速度被刹车消减了，车子擦着欠债人的身子避开了，但还是撞上了他的右腿。

车子停下来，欠债人捧着右腿在哀嚎，村民们闻讯纷纷赶来，有人拨打了"110"和"120"电话。

就这样，"大个"因为自己的冲动进了看守所，不幸中的万幸，对方只是右腿骨折，没有造成更严重的后果。这样一来，不仅他哥的两万块钱再也要不回，自己还要受到法律的惩处。

看着眼前面恶心善的"大个"，我免不了心里又一声叹息：冲动真是魔鬼啊！

在"大个"家人作出免除对方欠款，并作出相应赔偿后，欠债人谅解了"大个"的伤害行为，法院根据这个谅解和案件性质，判处"大个"有期徒刑十个月。

"大个"接到判决书没有提出上诉，这意味着他将很快要被送到监狱服刑，在 203 监室的最后几天里，他继续发挥着他的"话痨"本色，说着不咸不淡却又无穷无尽的话语，尽心尽力想让大家都笑起来。似乎那患着胃癌的身体以及前途未卜的牢狱生活都与他无关一样。

"大个"的确是个罪犯，但不得不说，他也是个善良的好人。希望他在服完刑期后，能够汲取教训，好好做人。

相信生活一定会给他以厚报。

张皇失措的老人

他是一位老人，年近七旬。走进看守所时，步履蹒跚、颤颤巍巍，萎靡的神情更加凸显了他的老态，一脸皱纹沟壑般纵横分布，忠实地记录着他数十年在土地上的辛苦劳作。

第二天，他收到家里送来的换洗衣物和鞋子，激动地抱着这一堆衣物，喃喃自语："是囡儿送的！太多了！太多了！" 他眼眶湿湿的，内心的情感一点也没有遮掩，完全没想到身旁有十几个大男人在看着他。

这样一位老人，一点也没有凶相，反倒看着有几分良善和忠厚，走在大街上，一定会被当作是老实本分，从不惹是生非的人，他怎么会到这里来呢？

大约一个星期后，老人渐渐从惊恐不安的情绪走出来，开始与周围的人说话了。但他一口含混不清的当地方言土话，非常难懂。好在 203 室的在押人员内也有当地人，通过他们断断续续的二传手式的转述，老人的遭遇渐渐在我们面前浮现出来。

老人姓倪，家在 L 市郊区农村，一个地地道道的农民，几十年来，一直是与世无争、老实巴交，不论是和邻里还是对外村人，他从来不挑事、不惹事，也不占别人便宜。一天到黑勤扒苦做，在自家地里种些蔬菜，成熟后送到集市上售卖，以此维持全家的生活。

倪老头辛苦一生，本分一生，但他那个贫寒之家，却飞出了两只凤凰。

虽然这么多年中国社会发生了翻天覆地的变化，但农村重男轻女的恶习却一直顽固地存在。在相对发达的浙江农村，这种观念也依然有市场。在村里，谁家没儿子就会受人轻视，甚至会被人欺负。倪老汉这辈子只生了两个女儿，但他把两个女儿都当宝贝，从来不因为她们不是男孩而轻视她们，甚至比男孩子还喜欢。他的两个女儿在他们两口子的爱护下，个个争气，从来没让他们两口子多操心，大女儿以优异成绩考上理想大学，毕业后留在省城杭州工作，恋爱结婚一路顺利，成家立业，两件事全是顺顺当当的，家庭既和美，事业也顺利。紧接着，前两年他的小女儿也以高分考上了大学，也是一路凯歌。在村子里，不要说女孩子，就是男孩子成堆的家庭，也少有像他两位女儿这样给父母增光的。家里两只金凤凰，让倪老头特别自豪，不管村里人怎么看，他人前人后，都是抬头挺胸，从来不觉得自己养两个女儿就比养男孩子的家庭差！

这样的生活，让倪老头非常满意，也非常知足。

但是，培养家里的两个凤凰，委实让倪老汉更苦更累，虽然大女儿三番五次请他们老两口去杭州住段时间，游游西湖，享享清福，但小女儿正在上大学，现在供养一个大学生，对一个普通农村家庭可不是件容易的事，何况倪老头还想小女儿在学校风风光光的，不能因为经济困难影响了她的学习。所以他尽管年纪一大把了，也不敢有半点歇下来的想法，仍然全部精力扑在他们家一亩三分的菜地上，这块地就是他们全家的命根子。

事情偏偏就出在这块地上。

与他家这块地相邻的另一块地，是村里出名的霸道人家的，这户人家谁也不敢惹。倪老汉家地里用水，要经过那户人家的地。

倪老汉是个本分人，一向与人为善，以前自己家浇水，很多泄漏到那户人家的地里，他从不吱声，只要自己家能浇上，让邻居占点便宜也没啥，相安无事便好。谁知今年那户人家没有跟倪老汉一样种蔬菜，而是种下旱作物，不需要很多水，水太多甚至会影响作物的成长，他就霸蛮地命令倪老汉不能给自己菜地浇水，要浇水也不能经过他们家那块地。

以前倪老汉浇菜地时，那户人家的大汉故意把水渠的渠壁掏弄得很薄，让水渠里的水渗漏到自己家的地里，现在他担心倪老汉的水渗到自己家的地里，竟然强令倪老汉浇菜地的水不得经过他家的地，水没有翅膀不能飞，也不能跨过那户人家的地直接进入倪老汉家的菜地，但蔬菜缺水就没法生长，倪老汉束手无策，急得团团转。面对人高马大又蛮不讲理的壮汉，跟他完全没办法当面锣对面鼓地讲道理，但自己家的菜还得种呀，不种菜，小女儿的学费怎么办？全家生活的着落又在哪里？

这天晌午，倪老汉来到自己家的菜地，看着因为缺水蔫蔫的蔬菜，心里好不难过，如果再不浇上水，这些蔬菜就会旱死，一家人就会断了收入来源。他前后左右一番张望，见霸蛮大汉不在地里，便横下一条心，不管三七二十一，在主干渠挖开一道口子，趁这个当口，放点水到自己菜地里，赶紧把这些奄奄一息的蔬菜救活再说。

水放了不一会儿，倪老汉怕霸蛮大汉找麻烦，赶紧把干渠上的口子封上，谁知就在这个时候，那个大汉正好也来到地里，看见倪老汉给自家菜地浇过水，便破口大骂，什么难听的话都骂出来了！

倪老汉活了近七十岁，被一个比自己年轻二三十岁的人痛骂，心里非常憋屈和生气，提醒大汉做人不要太过分。大汉见倪老汉竟然敢还嘴，仗着自己人高马大，竟然过来抢下倪老汉的锄头，挥起锄头就挖倪老汉的菜地。这时，一向忍气吐声的倪老汉一是被大汉骂急了，二是为了保护自己家活命的菜地，他再也不忍了，冲上去便从大汉手里抢自己的锄头，人真的不能被逼急，逼急了的倪老汉突然就冒出比平时大得多的力气，竟然一下就把锄头从大汉手里夺回来。这一下大出大汉的意料，他又反过来要抢回去，倪老汉知道对方力气大，一旦被他抢过去，后果不堪设想。这时，他脑子里塞满了恐惧、气愤和保护自己家菜地的勇气，根本没考虑后果，扬起锄头，一下就砸在大汉的头上，大汉头上挨了这一下，突然倒在地上，倪老汉一下傻在那里，脑子一片空白，没想到，才过了几秒钟，身强力壮的大汉又从地上慢慢爬起来，恶狠狠地对倪老汉说：“你敢打我！”

倪老汉见大汉又从地上爬起来，更加害怕了，根本来不及多想，不假思索，完全凭着下意识，又一次扬起手中的锄头，一下又一下朝大汉砸去，直到大汉又躺在地上，不能动弹才住手。

这时他才意识到自己闯了祸，整个人完全傻了。他万万想不到，自己老实本分一辈子，竟然会在这个时候把别人伤成这个样子，他一直傻傻地站着，直到警车和救护车赶来，救护车运走了大汉，警车则把他带到了派出所……

倪老汉一辈子与土地打交道，种菜种庄稼是一把好手，几十年下来，腰弯了，背驼了，他懂土地，懂庄稼，懂节令，也懂气候，唯独不懂怎么与人相处，特别是遇上那个霸道凶悍的村民，他一点办法也没有，既不懂得怎么面对这么不讲道理的人，更不懂得怎么保护自己的合法权益和人身安全。

　　在 203 监室待熟了后，我跟他说，只要是在中国的土地，不管是城市还是乡村，政府机构都在有效地运转着，他们会保护每个人的财产和人身安全不受侵犯。你遇上那样的事，那样的人，可以找村里、找乡里相关机构为你出头，再说了，你本来就是老年人，政府更加要保护你的权益的。如果基层行政单位管不了，你还可以找派出所，再不行，还有法院啊！这些部门都是可以替你出头的！你当时随便找到哪个部门，事情都能解决，你肯定可以理直气壮地种自己的蔬菜。

　　倪老汉不停地摇着头，叹着气，说："以前只知道做人要讲道理，村里人遇上什么事，都是相互讲讲道理就过去了。遇上不讲道理的人，最多就是懒得理他！但遇上那个不讲道理还得寸进尺的，就没了主张，不懂得到上面找人来跟他讲道理，然后就稀里糊涂闯下这样的大祸！我糊涂，我没主张啊！"

　　我心里也是一阵阵叹息，如果倪老汉早点有这样的见识，怎么也不会一大把年纪还吃这样的苦头啊！

　　后来，倪老头转到看守所专设的老弱病残监舍，我们再也没有见到他，更不知他的案子后来是个什么结果，203 监室的人提起他，都是一阵叹息，说："这老头一大把年纪了，真不值，太可惜了啊！"

揭不过的"家仇"

唐也是一把锄头把自己送进了203监室。

跟倪老头完全不同,他进来了还带着脾气。

他也是L市郊区的农民,五十出头,头已半秃,一双大眼炯炯有神,满是稀奇地打量着203监室的一切,遇上不明白的,扯着个人就问东问西。

为了迎接上级单位年底检查,看守所上下都在行动,从硬件到软件,从环境到管理,不留死角。203监室一直很规范,自律性很强,最近对监规学习和日常行为规范培训,每个人都很认真,像"五项权利""三个服从"、"两个零容忍"等监规,每个人都被要求完整背下来。

我看唐漫不经心,还影响其他室友,心里不禁有些着急,就坐到唐身边,对他说:"马上要检查了,得用用功,不要坐着说闲话,要多背背监规呀!"

本来是好心提醒他的一句话,而且事关203监室整体形象,想不到他竟然受不住,冲着我就大吼起来:"你算什么东西!我要你管?"

他这一声大吼大出我意料,猛一下噎住了我,我看看他,默默地回到自己的位置。

还好,他吼完这一嗓子,还是默默掏出监规,用心地看起来。

又过几天,也许他看到203监室的人相互尊重,没有人胡喊乱叫;也许是他觉得自己那一嗓吼得很过分,接下来他有事没事会挨到我身边，主动跟我搭讪。我自然没把他的失礼当回事，一来二去的，我们成了说话最多的室友。

这天，他被提审回来后，情绪突然非常低落，闷坐了一会儿，凑到老包跟前，问："包老师，啥叫 ICU？"

老包主任医师出身，告诉他："ICU 就是重症监护室，里面有 24 小时全程监控的仪器和抢救设备，专门收治危重病人。"

唐摇摇头，叹口气，说："被我打倒的那个杨老二，现在从急诊室转到 ICU 了，至今仍然昏迷不醒。"

老包问："你现在是不是盼着他马上醒来，就像啥事也没有发生？"

唐说："那当然呀！我恨不得他现在就能下床，自己从医院走回家。"

老包又问："那你现在还气吗？还恨他吗？"

唐叹一口气，说："气是真不气了，但恨是真恨啊！"

我忍不住插了一嘴："都什么时候了，你还恨他？"

唐看了我一眼，说："他跟我们家有仇，他，他把我娘打死了！"

我们都吓了一跳：原来唐并不是普通的冲动犯罪，两家之间竟然还有家仇，有这么大的过节？

原来，唐和现在躺在医院的杨老二是同住一个村的邻居。杨家五兄弟，个个人高马大，仗着人多势众，在村里很是霸道。唐家只有两兄弟，总是尽量避免跟他们正面冲突。但是这天傍晚，杨老二因为一点琐碎小事，跟唐的父亲起了争执，杨老二仗着自己年轻力壮，竟然动手用力推搡唐的父亲，唐父觉得他欺人太甚，跟他对推起来，唐的母亲在屋里听到动静，急忙跑了出来，她知道丈夫不是杨老二的对手，急忙上前要把两人分开，但杨老二才不管你是不是来劝架的，猛地一使劲，朝唐妈妈推去，只听一声惨叫，唐妈妈在杨老二猛推之下，从四五米高的土坡滚了下去，躺在地上不能动弹。

唐爸爸连忙冲到坡下，扶起老伴，问："要不要紧？"

唐妈妈摇摇头，说："我没事，你把我扶回去。"

唐爸爸把老伴扶回家，扶她在床上躺下，给她倒了一杯水，见她很平静，没看出有什么事，就没有再过问。唐和他哥回家后，唐爸爸担心他们激动起来去找杨家人论理，搞不好又得大打一场，便没有对他们多说什么，唐家兄弟俩见妈妈躺床上已经睡着了，也没太在意，就各自回屋休息了。谁知次日一早，唐爸爸过来看老伴，突然发现老伴不对劲，急忙喊起两个儿子，用板车把老伴风风火火送到乡卫生院。乡卫生院虽然组织了抢救，但这时已经无力回天，唐妈妈因从高坡推下导致脾脏破裂，因为内脏大出血而死亡。

母亲遭此飞来横祸而突然离世，让唐家的天都塌了。从此，唐家再也没有欢声笑语，悲痛、愤恨死死地压在唐家人身上，成了唐家人心头的死结。而杨家老二作为直接导致唐妈妈死亡的凶手，事后被判了十五年徒刑，并被判赔偿唐家三万元。本来，杨家如果意识到自己家的蛮横给唐家造成家破人亡的灾难，按照法律的判决支付赔偿，即使不能完全化解两家的仇冤，至少也有能让唐家可以接受的态度，再假以时日，慢慢就能一点点缓解了。但杨家只在唐家安葬死者时付了三千元，从此再也没有支付一分钱。唐家看在眼里，更记在心里，虽然没有追着杨家讨要剩下的两万七千块钱，但这场怨结结成的仇，已经越来越深了！

后来，杨老二服刑十年，因表现好提前释放回家，当年血气方刚的小伙子，变成四十郎当的中年人。而唐爸爸已经成为老人，唐家两兄弟也是中年人。按理说，如果杨老二趁自己回来的机会，拎两瓶酒上门，乡里乡亲，低头不见抬头见，就算两家不能一笑泯恩仇，至少也能缓解一下唐家的怨结。但杨老二正眼都没瞧唐家一眼。没瞧也算了，但他应该知道，这场家仇让两家都付出了惨重的代价，即使不能和解，至少也应该尽量避免再起冲突。能回避的，应该尽量回避，稍有点理智的人都知道，如果旧仇未去，再添新恨的话，那样的刺激和暴发，将会完全没有理智可言，人在多年仇恨裹胁下的冲动，将是非常可怕的。

遗憾的是，杨家人没有这样想，他们还是觉得，自己家人多拳头硬，不能在唐家人面前低头，唐家已经在冲突中死了一个人，在他坐牢的这十年中，唐家没有找过杨家的麻烦，连法院判赔的三万块钱，唐家只拿到三千块，也没敢再要。他以为唐家这是怕了杨家！在拳头面前，没有摆不平的事。

他只知道自己家有拳头，却忘了狗急也会跳墙，欺人不能太甚。

这话很快就被应验，而应验这话的不是什么大事，是小得不能再小的一棵树。

原来，杨老二刑满释放回家后，在唐家的后面盖了自己的新房，还买了一辆小汽车。为了车辆进出方便，他自己动手，把家门口进出的路拓宽，而这条路经过唐家的一块地，偏偏唐家多年前就在地头栽了一棵枇杷树，经过多年成长，现在这棵枇杷树已经长得很大，年年都能收获很多枇杷，是唐家的一笔收入来源。杨老二觉得这棵枇杷树碍了自己的车道。其实这样的事，发支香烟，最多拎瓶酒上门，好好商量一下，农民嘛，你敬我一尺，我还你一丈，最多再找个中人，给对方一点面子，有什么不好说的呢？再不济，把路稍稍弯一下，又是多大个事呢？家仇就像埋了多年的炸药，大家都不动它，也许慢慢就没事了，他偏偏不当回事，一把火就把引信给点燃了。

杨老二拿起一把锄头，来到唐家地头，对着唐家栽在自家地里的枇杷树，直接就挖了下去。他觉得这个办法简单直接，最省事了。完全没想到，唐家人会怎么想，会有什么反应！

三锄两锄的，一棵枇杷树眼看就要被他挖出来了。正在这时，唐开着自己的"微面"从外面回来了，他看到杨老二在挖自己家的树，急忙停了车子，赶过去，气愤地问："你——你——为啥挖我家的树？"

杨老二头都不抬，说："这树挡着我家的道了！"

唐指着杨老二，说："这树长在我家的地里，你说挖就挖，欺人太甚！"

杨老二不屑地扬起头，恶狠狠地说："它挡我的道，我就是要把它挖掉！"

唐再也忍不住了，吼道："你再挖一下试试！"

杨老二轻蔑地斜睨一眼唐，扬起手中的锄头，又一次向树根奋力挖去。

唐血脉贲张，蓦地奔上前，奋力去夺杨老二手中的锄头。

杨老二二话没说，扬起手中的锄头对着唐挥过去。

唐见锄头过来，下意识地用左手一挡，左臂结结实实地挨了杨老二一锄把。

这一下把唐彻底激怒了，他猛地拽住锄头，奋力一夺，从杨老二手中夺下了锄头。杨老二见手中锄头被夺，猛一下朝唐冲了过来。这时，唐的脑子里猛然闪过十多年前母亲惨死的样子，以及这些年杨家人毫不收敛的嚣张行为，旧仇新恨，一齐涌上心头。这时的他，完全被仇恨的怒火所吞噬，哪里还有理智，根本顾不上多想，连一闪念的思考都没有，直接挥起手里的锄头，朝杨老二头上砸去，只见"通"旳一声，锄头结结实实地砸在杨老二头上，杨老二身体一晃，连吭也没吭一下，就倒在地上，一动也不动了。

唐看着躺在地上的杨老二，一下清醒过来，这才意识到自己闯了大祸，他害怕了，双手颤抖着，掏出手机，分别打了110和120。不一会儿，警车和救护车都来了，唐直接进了派出所，杨老二进了急救室。

又是一个让人唏嘘不已的故事。但事情已经发生，不论唐多在理，但一锄头下去，杨老二在ICU躺了这么多天都没醒来，这样的祸，不是小祸呀！案子的判决结果，直接与杨老二的伤情结果相关联。

现在，最盼杨老二康复的，除了他的家人，就是一直对他恨之入骨的唐！

看着唐成天心神不宁、坐卧不安的样子，老包安慰他说："也许杨老二的情况不是特别严重，不然，他会被送到省城大医院去的。你也不要太担心。"

这句安慰唐很是听得进，他说："是啊，我现在就是盼他早点醒过来！"

老包说："等他醒过来了，你们在派出所调解下，你付出医药费，再诚心地进行一些赔偿，得到杨老二的谅解，你就能出去了！"

唐一下充满了期待，又问老包："他医药费花得多吗？我得赔多少钱啊？"

老包说："ICU病房一天就是过万的费用，这十多天呆下来，再加上误工费、营养费、护理费、精神损失费等，没有几十万恐怕下不来。"

唐的神情一下萎顿了："这么多钱，我哪有啊？"

话虽这么说，他还是时时关注着杨老二的情况，总想知道杨老二哪怕是一星半点的消息。但窝在 203 监室，他又怎么能知道呢？我们就一起帮唐分析，在唐拘押满七天后，公安机关会根据案件的侦查进程和案情的发展情况，决定是否延长刑事拘留的时间，并决定是否报请检察机关批准逮捕。如果在延长刑拘的七天内，检察机关不来人，公安机关不宣布逮捕，那就没什么大事，就会释放了。

于是，唐在等待我们说的那个"第七天"，他特别紧张，知道那将是决定自己命运的时刻！

但该来的还是会来，先是检察机关来人跟他见了面，问询了很多情况，第二天，又一次提审后，唐一脸苍白，垂头丧气地回来，说："完了！我被逮捕了！"

对唐来说，自由此刻是最最宝贵的东西，连不是希望的希望，他都像捞救命稻草般想牢牢抓在自己手里。而这些希望不论他多么期盼，还是一次次无情地落空。

我真不忍心看到唐这样的绝望，而老包在继续开导他，说："逮捕了，你也只是个犯罪嫌疑人，会不会定罪、定多重的罪，还需要法院经过严格的审理程序。你虽然造成现在这个结果，但毕竟事出有因，法院会考虑这些因素的，你千万不要放弃，要维护自己正当的权益！"

唐抱着自己已经半秃的头，痛苦地蹲在一边，一声不吭。

后来，唐移到了其他监室，我们再也不知他的情况了。直到一个多月后，我看到被提审的唐从 203 监室门口走过，他朝我们看了一眼。一个多月不见，唐的腰都显得有些佝偻了，脸色好像更苍白，很可能杨老二那边的情况很不乐观。

两个因家仇势不两立的人，因为各自的不理智，造成了严重的后果，他们自己也不会想到，相互的命运，竟然会如此紧密地联在一起。

早知今日，何必当初！

人啊，每个人的生命只有一次，人生不易。请在人生的长路上，多些理智，多点克制，多点容让，多些善意！

代价

他进来的时候，春节还没过完。

这个时候正普天欢庆，阖家团圆。如果不是遭遇突发事件，不会在这个时候被羁押。但他身披寒霜、面色凝重地走进了203监室。他年过五旬，面色祥和，本来就是能够沉得住气、定得下心的年龄。这个年纪的男人，他的面相会暴露他的性格为人，甚至人生经历，因为，他经常呈现某种表情，与这种表情相关的面部肌肉就会发达，发达的肌肉同样也呈现在面相上，久而久之，他是平和时多、开心时多，还是忧愁多、愤怒多，这样的人生秘密，全都暴露在一张脸上。

这人的面色很祥和，作为五十年面部肌肉活动的综合效果，他的面色告诉我，他应该是能够掌控情绪，性格很平和，待人很和气，轻易不会动怒的人。

但他却在这个时候进来了。他惶惶不知所措地走到203室尾端，在小凳子上坐了下来。他相当沉默，没有主动开口说一句话，也不张眼看周围的人，没有与人互动的任何想法。偶尔有人与他搭讪，他都是以低低的语调，惜字如金地回答。

他说他在省城的一所大学工作，那所学校，可是中国的著名学府，他在这所大学的食堂工作，已经十六个年头了。

我问起他怎么会在这个时候进了看守所，他一下脸色通红，突然激动起来，用手使劲拍着大腿，说："真晦气，实在是晦气！"

他每年春节都会回家过年，从来不耽误。这个时候，是他在省城辛苦一年后，最为愉快的时光。今年也不例外，从大年初一开始，他天天走亲访友，东家吃完逛西家，跟分开近一年的亲朋好友重新相聚，吃饭、喝酒、聊闲天，敞开胸怀谈笑风生，敞开肚皮胡吃海喝，无牵无挂，随心所欲。

这样一晃就到了正月初四，按计划，他要在正月初五回省城。这时，村里几位从小一起玩大的发小一起来找他，说是最后一天，下次再聚又得一年，今天大家要好好聚一下，玩个痛快。

这一说正合他的心思。他好不高兴，大家一起吃过中饭，便摆开桌子打起了麻将，一直玩到傍晚时分，又一起到其中一位发小家吃晚饭，发小家为这餐饭做了精心准备，除了各样下酒的好菜，发小还搬出一瓮珍藏的陈年高粱烧，大家那一个高兴呀，吃吃喝喝相当尽兴，每个人都有点醉醺醺的，五迷三道。

如果这时大家尽兴而返，那是最好的结局，可惜的是，好酒更助兴致，大家仍然兴致高昂，又搬出牌桌玩起了麻将，吆三喝五地在牌桌上闹个不停，一直玩到半夜。快散场时，一位发小还觉得不过瘾，要大家一起去镇上吃夜宵，喝夜酒，吃好喝完回来继续打麻将，一直打到天亮。

这提议得到发小们一致赞同。村子离镇上很近，走走也就十来分钟的路程，他们几个来到镇上，整个镇子绕了一圈，终于找到一家正在营业的饭店，因为是独一家正在营业的饭店，这家店灯火通明，生意特别火爆。老板勉强替他们找到一个角落，支了一张桌子，让他们勉强坐了下来。

饭店生意太好，吃夜宵的人太多，菜就上得慢，再加上店里又拥挤混乱，不知不觉间，大家心里都现出很不耐烦的苗头来。

好不容易菜一盘盘端上来，酒瓶打开，几个人又开始喝上了。

这是他们一天里喝的第三场大酒。

这时，旁边一桌的几个小年轻不知为啥突然吵了起来，声音很响，开始对骂，越骂越难听，接着开始推推搡搡，估摸着也是喝大了，动作幅度越来越大，结果，一个愣小伙一手肘捣着了这边一位发小的胳膊，发小酒杯里的酒全洒在身上，他顿时火了，跟那个愣小伙吵了起来。

年关佳节，估计邻桌那帮小伙子也是顿顿喝酒，不嫌酒多，更不怕事大。他冲撞了别人，一看撞的全是五十来岁的中年汉，顿时不放眼里，凶巴巴地与发小对吵起来。

道理在自己这方，发小们看对方不占理还强横，仗着酒劲都不同意了，纷纷指责对方不懂规矩不讲道理。这时，本来吵得沸反盈天还动手动脚的一帮半大孩子，突然放下争执，一致对外，全都站起来，对着这帮五十来岁的中年男子就骂开了。

都是成天泡酒里的男人，都被酒灌得五迷三道的，这些平素不太理会年轻人胡闹的中年男人，这时突然变得跟旁边的小伙子一样爱计较，赌意气了。于是，吵闹声变成了对骂声，对骂又升级为推搡和拳脚，后来拳脚也不顶事，干脆拎起凳子开始互扔了！

他平素从来不与人争执，更别说与人拳脚相向了。这时双方大打出手，虽然他也是喝得过了头，但总的还算清醒，一开始还劝说身边的发小不要与一帮半大的孩子一样见识，谁知这个时候，几张凳子接二连三地朝他砸来，全都砸在他身上，身体给砸得生疼，他猛一下火了，抄起一张凳子，猛一下朝对方砸去！

就在这时，只听对方"啊"的一声惨叫，一个小伙子捂着头倒在地上，头部缓缓地渗出鲜血，剧烈的冲突这时突然停了下来，双方的焦点都聚到倒在地上、头部流血的小伙子身上。很快，警车和急救车一齐赶来。除了伤者被送到医院，其余人都被带到派出所，警察将人分成两拨，分别询问，并作了笔录。差不多快天亮才弄完。

最后，警察强调案件需要进一步调查，伤者如果有状况还得作验伤鉴定。在这些未清楚前，任何人都不能离开 L 市，必须随叫随到。

一个星期后，警察通知他去派出所，他到了派出所后，警察告诉他，伤者的验伤报告出来了，鉴定为重伤二级。经过详细的调查核实，证实伤者是被他砸伤的，他成为这次斗殴伤人案的主要责任人，依法对他刑事拘留。

我心里一惊，重伤二级，那是有可能被判处三年以上的重刑啊！

他说起这些来龙去脉，仍是一大把的悔恨："我当时为什么会那么冲动？我真没想到一条凳子扔过去有这样的后果呀！我这真是作孽，作孽啊！"

后来还得知，他早与妻子离婚，几乎独自把儿子养大，现在儿子在上海读研究生，正是要用钱的时候，而他却被羁押在这里，不仅在大学食堂的工作保不住，他的另一份兼职工作也没法做了，而每个月的房贷，那是铁定要还的！

我不知道应该跟他说些什么，最希望的是那伤者的伤情能尽快好转，他的家人抓紧协助对伤者的治疗和补偿，尽快得到伤者的谅解。如果法院判决，希望法院量刑时能够根据当时事出有因。

这场飞来横祸的代价十分沉重，沉重到他几乎无力承受的程度。但是，法不容情，这代价又是他必须承担的。

人啊！不论在什么状况、什么场合，都得存一点良知，多一份理性。

讲道理的门道

有人大过年进看守所，就有人专程打外地回来犯了事。

他叫老盛，也是五十来岁的中年人，与妻子一起长年在省城打工，做水电工，赚点辛苦钱，除了供儿子上大学，没多少积蓄。

对自己进看守所，他显然毫无准备，有点手足无措的感觉，初步适应 203 室后，也许觉得我有点文化，就主动来跟我搭讪，问刑事拘留是咋回事。

尽管对他实施刑事拘留时，警方一定对他有详细的解释，但他既然又问起，我便把我所知道的，尽量清晰地向他再说一次："刑事拘留一般时间是三天，根据案情，三天后公安机关一般会作出延长羁押的决定，延长四天或一个月，视案件具体情况定。延长期满前，公安会提请检察院逮捕，检察院会在收到逮捕请求后七天内作出是否批准逮捕的决定。如果被批准逮捕，被拘留人就会继续接受公安机关的侦查，直至侦查结束，由公安机关移送检察机关起诉，检察机关视案情及侦查情况，可以有两次退回公安机关补充侦查的机会，完成这些程序后，检察院会将案件移交法院进行审判，由法院审判有罪或无罪，如果有罪，还得宣判刑期。大概就是这样一个过程。"

我还提醒老盛："你被羁押在这里，不能与外界包括家人见面沟通，只能见律师。律师可以帮你打官司，维护你的正当权益，你外面需要处理的事，也可以通过律师转告你的家人去处理。"

他黯然摇摇头，说："我们乡下人哪懂请律师啊！我老婆现在都不知急成什么样子了！"

我劝他："现在急也没有用呀，事到临头，只有认真对待。"

他摇摇头，一声长叹："怪我啊！我不该冲动，道理在我这边，我蛮好跟他讲道理的呀！"

又是一个冲动付出的代价！

七八年前，老盛从省城回家办事，与他同村的周某找上门来，简单寒暄后，说明来意：他父亲刚去世，得选块地方建个墓，托人看了许多地方，最后相中一个地方，是老盛家的山地，想拿自家山下的一块地与盛家的山地作个交换。

虽说山下的地比山上的耕作便当，但自己家的地里被外人家建一座墓，不仅别扭，在农村人看来也是不大吉利的事，所以老盛一开始并不答应，但周某一心一意地不断请求，请老盛行善积德，还说他家过世的老人也会保佑盛家平安。老盛本来就是个热心肠的人，看在同村邻居上门请求的份上，便应承下来。两人先去了周家看中的老盛家的山地，测量了建墓地使用的面积和方位，作了相应的记号，再一起查看周家用来置换的那块地，老盛看到这块地方正平整，心里倒也喜欢，只是地上长着两株胳膊粗的小树，便问这树怎么处理，周某说，这两棵树还得在这块地里长两年，等合适的时机再移栽，现在移树会死掉的。

老盛想自己和老婆常年在省城打工，也没时间料理田地，干脆好事做到底，就一口应承下来，答应周某暂时不移树。

好几年过去，周某家建在盛家山地的坟墓早就绿草如茵，但他却像什么事也没发生一样，本来已经属于盛家的那块地里，两棵树越长越大，他丝毫没有想移走的意思。老盛因为在外打工，每次回来，父母都要对他说周家不移树的事，他也去那块地看过，碍于情面，一直没向周某提醒。眼看小树都长成大树了，老盛觉得再不说不行了，便上周家找到周某。

周某见了老盛，只是东扯西拉，就像根本没有移树这回事。老盛只好直接提出来，周某知道绕不过去了，便说："实在不好意思，这事拖了这么久，实在是因为这两棵树不能移栽，一动就可能活不了，所以就这么一直拖着，要么这样，我拿另一块地与你置换，好不好？"

老盛没料到他竟有这样的说词，心下不快，但实在不想再纠缠在这件事上，便对周某说道："那你带我去看一下地。"

周某领着老盛去了周家提到的那块地，老盛一看，还算满意，便与周某一起量了尺寸，划了周界，在田头地间达成了口头协议。

农村人的习惯，说话算话，事后不能赖账，从来不签纸质协议，老盛也按农村的老理在办。他没想到，周某已经赖过一次了。

又过了两年，农村推行土地深化改革，土地变成可以流转的资产，值钱了。各家各户名下的土地都在确权，周家转让给盛家的那块地，现在必须确权归属到老盛名下，老盛在父母的再三催促下，又一次回到老家，和周某一起去村委办理那块地的确权。

没想到，周某再次反悔，说置换给老盛的那块地面积太大了，他家吃了亏，要重新协商，不肯在确权证书上签字。

面对出尔反尔的周某，老实巴交的老盛也生气了。但当时是他们两家自己协商的事，没有旁证，村委还得在双方都同意的基础上才能确权。谈不到一块，事情就僵在那儿了。

随着时间的推进，土地确权渐渐到了尾声，那块地的事，再也拖不下去了，为了自身的权益，老盛又从省城回到村里，他去到周家，想跟周某好好协商。

　　周某这时正在盖新楼，一位从村里出去在外面当了官的人正好也在，周家人正忙着接待这位退了休的老村坊，老盛夹在中间，准备趁这位德高望重的老人在场，把那块地的事提出来，正好请他主持个公道。谁知周某和他弟弟围着那位老人不断地说话，根本不给老盛插嘴的机会。直到那位老人离开后，老盛这才将周某拉到一边，以诚恳的态度说起那块置换土地确权的事。

　　这时的周某马上换了一副面孔，冷冰冰地说："你也看到了，我家正在建房子，大忙着，哪有时间来谈这个！现在肯定不行，你回去吧！"

　　这种逐客令在农村是非常不礼貌，很不给面子的行为。老盛强压着火气，说：："大哥，你怎么能这样说话？更没见过你这样办事的！我回来是请了假，要扣工资和奖金的，你签个字的事，有那么难吗？我们一起把这事办了，就不必反反复复地折腾了！"

　　周某完全不想搭理老盛，猛地把老盛一推，说："走开，别影响我干活！"

　　这一推把老盛的火气一下子点爆了，他一把拉住周某推他的手，怒吼道："你太不讲道理了！这事今天非解决不可！"

　　周某连推几把也没能推动老盛，他更恼火了，吼声更大了。这时，旁边工地上周某的弟弟看见他们在拉扯，便赶过来，猛地挥出一拳，重重击在老盛的脸颊上。打得老盛眼冒金星，他被彻底激怒，也猛地挥出一拳，打在周某的肋下。"蓬"的一声，周某倒在地上，把老盛也拽到地上，周某的弟弟跟着扑了上来，三人混战在一起。

　　周家两兄弟对付老盛一个人，老盛虽然身体强壮，显然也占不到便宜。村里人把他们拉开时，老盛脸上和口中全是鲜血。

　　警车很快来到现场，警察在简单地拍照询问了情况后，将周某和老盛都带到派出所作进一步的调查询问。在派出所录口录时，周某说他左肋下疼痛难忍，老盛此时也有了同样的反应，警察见状，忙将两人先送往医院检查疗伤。

　　检查的结果，周某左肋肋骨断了 6 根，老盛的肋骨也断了一根，案情马上从普通的打架斗殴上升为刑事案件。警察在双方疗伤几天后，再一次进行调查和调解。

　　周某委托法定机构进行伤情鉴定，验伤报告证明周某轻伤二级。

　　有了这份可以让老盛坐牢的报告，周某开始不依不饶了，在派出所主持的调解中，周某要求老盛赔偿三十万元。这让家底本不厚实的老盛目瞪口呆，难以接受。

　　主持调解的警察也觉得周某开出了不合理的价格，耐心规劝周某，希望有一个合理的解决方案，周某明确表示：低于二十五万元，一切免谈！

　　面对这个条件，老盛表示无法接受。

　　第一次调解失败。老盛在忐忑不安中一边疗伤，一边等待着进一步的调查和处理。

　　几天后，派出所警察通知老盛去派出所再作一次调解，双方又一次坐在一起，在警官主持下，开始协商调解。老盛表示，对方年龄比自己大，受的伤也比自己重些，自己愿意作出适当的赔偿。

　　但周某仍然坚持要求老盛赔偿价二十五万，一分不让。

　　协商良久，没有进展。周某在调解纪录上写道：如果赔偿额低于二十五万元，则不作调解。要求派出所按法律流程办理。

　　这意思很明确：要让老盛坐牢。

　　签完字后，周某紧绷着脸，扬长而去。

　　派出所见双方没有和解的可能，依法启动刑事立案的流程对老盛重新作了一份口供，告知老盛，他被刑事拘留了。

　　在老盛眼里，坐牢是一件令人耻辱的事。他对致使周某六根肋骨骨折的一拳深感后悔，非常自责。

　　听了老盛的事，203 室的人都觉得周某为人不地道，纷纷说，明明是老盛帮了他的忙，他还要来害老盛，这样的人，不会有好结果。

　　这时，老赵问老盛："你也断了一根肋骨，去验伤没有？"

　　老盛回道："去验了，但验伤报告还未拿出来，听公安讲我应该属于轻微伤。"

　　老赵马上说："那你马上向提审的派出所报案，要求按法律流程办理，致你轻微伤，他也应该受法律惩处的。"

　　老盛回道："好，我会报案！"

　　老盛的妻子得知老盛被拘押后，从省城赶回，为老盛请了一位律师，律师帮老盛分析了案情，减轻了老盛的心理压力。

　　后来，老盛要移到其他监室，临走时，他对我说："汪老师，我活了一把年纪，现在才知道，做人不仅要把道理放在前面，更要懂得讲道理。周某不讲道理，我不应该继续跟他纠缠，哪怕是跟他到法院打官司，我在理，肯定赢。偏偏怕麻烦，想少惹事，结果却摊上这样的大事。真是一步错，步步错啊！"

可怕的诱惑

8月一个酷热的正午，满头冒汗的两位警官带进来一个人，让203室的人都为之一怔。

这个人身高不到1米6，瘦得像一具活动着的人体骨骼标本，他全身各个部位、每个角落都是皮包骨头，瘦骨嶙峋。

见到瘦的，真没见过这么瘦的！

这是我心底冒出的一个念头。

别看他这么瘦，精神却出奇得好。他精力充沛，几乎整夜不眠。第二天照样兴奋不已。

苦了与他邻铺的几位，他们本来晚上八点就眯紧眼皮、睡意蒙眬，倒头便能呼呼大睡。现在被精神奇好的这个人倒腾得没法入睡，第二天，这几个人便联合着找老包申诉，老包笑着听完了他们的诉苦，果断将瘦子的铺位换到了前端第一号铺位。

这可是203室的"铺王"，原来是老包专用的，因今年夏天过于酷热，老包、我和老赵经批准，晚上可以睡在水磨石地面，"铺王"位置这才空出来，给瘦子占了便宜。

瘦子颇有点受宠若惊，对老包弯身作揖，以示感谢。

老包微笑着问他："你的精力怎么这样充沛？不用睡觉吗？"

瘦子略一怔，缓缓回道："天太热，我睡不着。"

身形壮硕的"老壮"幽幽地说："这小子一定是吸毒上头了，所以睡不下来。"

接下来例行登记时，瘦子自报的犯事案由果然是涉嫌吸贩毒。

瘦子姓陈，外省人，现年 36 岁，在 L 市居住近八年了，老婆和三个儿女都住在 L 市。

瘦子刚进来，好像也不是太沮丧，一来就睡上"铺王"，也让他感觉很受用。

他对 203 室环境骨碌碌观察一番后，眼珠又盯上了墙上开着的用于递送饭菜的口子，对其进行了改装，用手中的纸板插在洞口的上沿，将伸入洞口的那一段纸板弯成圆弧，一个直抵他脑门的通风道便宣告完成。望着 203 室在热浪中拼命摇着纸板还不停流汗的室友，他对自己的作品露出一种满意的神情。

不一会，他底气足足地开始点评昨晚各位值班人员的表现，招来各种白眼，也不以为意。

但他这种良好的自我感觉没有坚持三天。在第三天晚上，瘦子接到了公安机关对他延长羁押一个月的通知书。

我们对此早已见怪不怪，瘦子却一下蔫了。后来，他经过几次提审，人变得越来越蔫，情绪上不知受到什么打击，一下子精神全无，不再主动与人搭讪，而是经常倚在墙边发呆。

这天晚上，按照监规的要求，203 室人员端坐在各自位置，正在收看央视《新闻联播》，忽然，有人急切地喊道："包老师，快过来一下！"

老包一愣，连忙起身过去，我也站起身，跟了过去。

在屋角，瘦子脸色煞白，半跪在地面上，双手捂住下腹部，口中不停地发出呻吟声，脸上扑簌簌地滚下串串汗珠，神情极其痛苦。

老包神情紧张地俯下身，问："你怎么啦，哪里痛？"

瘦子眼噙泪珠说："我肚子痛，受不了了！"

老包医师出身，以为他急病发作，急切地问道："刚才还好好的，怎么一下子痛成这个样子？怎么个痛法？"

瘦子闭着眼睛，有气无力地说："我吞下东西了！"

老包被他吓了一跳，瞪大双眼，问："你吞下了什么东西？什么时候吞下去的？"

瘦子说："牙刷柄，下午吞下去的。"

老包打开前边的储物箱，一支只剩下半截柄的牙刷躺在那里，老包一把将它抓在了手里。

这时老包心里反倒是踏实起来：瘦子吞下的这段塑料牙刷的手柄，是生产厂家专为监狱、看守所这种特殊场合特制的产品，材质是软体塑料，不会伤到肠胃，更不会引发肠胃穿孔大出血。但老包作为 203 监舍的质监，对发生在 203 室的在押人员自残行为十分恼火，这种行为也是监规绝对禁止的。他对着瘦子吼道："都什么年代了？你还搞什么自残，你就自作自受吧！"

老包吼完，手捏半截牙刷柄，来到报警器前，捺响了报警器。不一会，神情紧张的值班警官和医生冲进监舍，来到瘦子跟前，医生俯下身去仔细询问与观察一番，又和警官一起看了老包手中那半截牙刷柄，把老包拉到一边，低声细语嘱咐一番。

交谈完毕，当值警官严厉地告诉瘦子："现在想靠耍小聪明、搞自残而出去的，根本不可能。你要对自己今天的行为负责，每天拉大便时，你要仔细看清楚，如果牙刷柄拉出来了，你要报告老包，老包验看后才能冲掉！"

他见瘦子没有什么反应，又提高音量问道："你听到没有？"

瘦子回答："听到了！"

第二天一早，看守所素来和善待人的唐所长面含怒色，进入

203 监舍，用威慑的眼光睃视一遍 203，非常严肃地对瘦子说："这是一件严重违反监规的行为！我告诉你，你这样做没有任何作用，如果再次违规，我们会严肃处理，上戒具，甚至关禁闭，听到没有？"

瘦子老老实实地点点头。

瘦子白白付出一天一夜极度难受的代价，不仅没有达到目的，还招来一致的鄙视。这让他很受打击，一整天垂头丧气，萎靡不振。

傍晚时分，他在便池足足蹲了半个多小时，终于拉出了那半截牙刷柄。

由此我看到，瘦子是个意志薄弱，爱耍小聪明，做事不按逻辑，老是图侥幸的人。也许，正是这样的性格缺陷，导致了他现在的悲剧。

这天，在放风场休息时，我与瘦子有一段交谈。他说，他来 L 市有年头了，基本上在这里扎下了脚跟，先是在镇上开了家"花椒狗肉馆"，刚开张时生意挺好，赚了一些钱，后来生意淡了，就关张改行，开了一家小超市，还开了家儿童鞋店。尽管辛苦，但维持家用之外，还有不少结余，也算小有成就。这说明，他经过自己的努力，真正走出了大山，在富饶的江南扎下了根。本来，按照这个趋势，这样的家庭会有比常人更强的幸福感，但美好的梦境竟然被他自己生生打破，让他们的家庭陷入重大危机，不仅两家店铺将难以为继，两个孩子的学习也面临问题。

我问他："你吸的是什么毒品？刚进来时那样兴奋？"

瘦子说："海洛因，就是四号。"

"海洛因"这三个字让我心中蓦地一惊："海洛因危害巨大呀！"

瘦子肯定地回答："危害巨大现在也没有办法，你看我的身体就知道了。"

"怎么染上的？"

"在老家时，因好奇与朋友玩玩不慎而染上的。"

"你没想过戒掉吗？"

他摇摇头："好几次都想戒，但瘾上来后很难受，逼得你不得不又去找。不割断与毒友的联系，根本就不可能戒除。只要你看到那白色的东西，你就会像着了魔似的被它吸引，不由自主地吸上。比如这次，我已很长时间没碰这个东西了，自己也购买了戒毒药物，但那天一位朋友带着四号来，我一看到这玩意，意志一下就垮掉了。"

意志薄弱的人，都是在头撞南墙后才会后悔，但现在后悔又有什么意义呢？他除吸毒之外，与毒友间还因毒品有金钱往来，这就有贩毒的嫌疑，如果坐实，那后果将非常可怕。

望着这位瘦得出奇的男人，我止不住内心的怜悯，对他说："也许这次出事对你还是好事，可以借此彻底戒断毒品，断绝与毒友的来往，真正重新脱胎换骨，换个活法。"

瘦子用感激的眼光看着我，用力地点着头，说："最好是这样！"

后来，瘦子在203像换了一个人似的，不仅正常地休息、吃饭，还撑着细得像麻杆一样的胳膊，和我一起锻炼身体。仅仅十来天工夫，瘦子突兀的肋骨就现出了一点点丰润，被脂肪填积得浅了许多，不再那么恐怖瘆人了。

真希望这是他重新做人的第一步。

自毁前程

在 203 室见到他、认识他，很是让我心痛。

年轻永远都好，何况是既年轻又一表人才。为什么要让我在这里见到他呢？特别是以这样的身份和永远见不得阳光的恶名。

但我不得不把他与毒贩联系在一起。

高大健壮的小何长得像电影明星，与罪犯似乎扯不到一块，他虽外表堂皇，但犯的事却满是阴暗。

其实他的起点很不错，加上他卓越的自身条件，相信他的父母家人一定对他的未来充满期待。

他从部队复员，进当地一家企业干营销，很快成为营销骨干，收入稳定可观，加上长得英硕俊朗，一表人才，获得众多姑娘的青睐，与一位贤淑漂亮的姑娘倾心相爱，热恋两年后，顺利地买了房、成了家，建立了自己温暖的小家庭。他的人生首次迎来了小阳春。

站在这么好的起点上，如果每一步能迈得稳一点，他的人生，该是多么充实，又是多么美好。

人生的痛，往往从掉过头时的一个"可惜"开始。

虽然家庭给他温暖慰藉，但他对外面五光十色的生活却特别留连，甚至到了痴迷程度。

因为业务关系，他可以以工作的名义，经常出入宾馆、酒楼，习惯与客人推杯换盏。觥筹交错之后，接着去灯红酒绿、衣香鬓影的夜总会、KTV。沉迷其间，他觉得这才是成功人士应有的方式，是高于家庭生活的高级享受。因为出众的长相和个人条件，他认为理所当然，他就应该是这里的常客。

渐渐地，他醉生梦死，而不自制。

也是渐渐地，他迷上了一位姿色出众的坐台小姐。他以为自己逢场作戏，绝不会当真，但十分热衷去夜总会捧她的场，或是频频与她幽会。

这天，坐台小姐打电话给小何，急吼吼地说："我家里出了急事，要用钱，你能否借我6000元？"

小何一边想着这是逢场作戏，一边却急着赶回家，从老婆手里取出6000元，马上打给那位坐台小姐。

小何长时间在外应酬，包括在家庭生活中的种种反常表现，让他老婆觉得很反常，开始约束小何在外面的应酬，这让小何非常反感，认为妻子干扰了自己的自由。于是，小两口的口水战爆发了，经常为一些琐碎的小事，不明就里，就发生争执和争吵，夫妻感情越来越淡漠，甚至分房而睡。

这样的家庭危机，往往是更深更大危机的开端。面对这样的危机，双方家长及时介入，通过一个时期的疏解，小何也觉得一个家庭的来之不易，值得珍惜，决定维护家庭，缓和与妻子的紧张关系。

他去找那个坐台的"女友"，提出结束彼此的关系。他以为"女友"会发生的撒泼、怒斥、谩骂、痛哭一概没有发生，这位女友听了他的说法，异常冷静，不动声色，冷冷地盯住小何，什么也没说，起身就走了。

这种本来是根本不把小何的情感当回事的举动，却被小何理解为她是因为过于痛苦，不能自制而离开。

　　对于深陷泥潭的人，他本来就有限的判断力这时已经归零。就因为女友这冷冷的一瞬，小何就像是被勾走了魂，心里满是对她的牵挂。即使是与妻子言归于好，他也是身在曹营心在汉。

　　家庭正常后，两口子开始张罗着买一部私家车，妻子整理家里的积蓄，发现怎么找还是差几千块钱，突然想起不久前小何说一个小兄弟家有急事，从手上拿走了 6000 元，便问小何：："上次你说小兄弟急用拿走了 6000 元，现在买车正好差这几千块，你去拿回来，买车的钱就够了。"

　　小何这钱给了那位坐台小姐，按常理想想都知道这钱就是肉包子打狗，永远也要不回的。但心里一直搁着那个"女友"的小何，明知要不回来，却鬼使神差一般，以要钱为由头，其实就是想见见她。

　　小何约女友在一家茶馆见面，几个月不见，小何神情彻底颠倒，觉得女友比以前更好看，他就像丢了魂。

　　女友神情平静，很冷静地问小何找她有什么事，小何讪讪地说："上次借给你的 6000 元钱，是我编了个理由问老婆拿的，现在她突然向我要这笔钱，我被她逼得没办法，所以只能来找你了。请你帮我过这一道难关。"

　　女友场面混得久，经的事不知有多少，小何这样的事，哪会在她眼里！但是，她还是装出一副很为难的样子，说："真不好意思，那笔钱我老早就汇给家里了。我这段时间心情又不好，不太去上班，身边真没什么钱拿出来还你。"

　　说完，拿一双亮亮的眸子直直地盯着小何，像是受了不尽的委屈和无奈。

　　在女友眼眸的逼迫下，小何丧魂落魄，更不知道该如何接话，他涨红脸，着急地说："这……这……，该怎么办呀！"

女友没用难度就让小何就范，又装出甜甜的浅笑，说："你一个大男人，怎么会被这点小钱憋死？你到其他小兄弟处周转一下，先把老婆这头搞定再说。钱嘛，我们总能挣出来的！"

小何双手一摊，无奈地说："只能这样了。"

女友忽然问："一晃几个月没见了，你想我吗？"

心猿意马的小何老老实实地点了点头。

女友不动声色地笑了，说："我们一起去吃晚饭吧。"

小何怎么也抵挡不住这样的诱惑，一餐晚饭后，本已分手的两人马上旧情复燃，而且一发而不可收。

这才是男人噩梦的开始。

在女友的房间，女友拿出一瓶矿泉水，让小何喝。小何喝了这瓶水后，陷入了迷幻颠狂的状态，和女友度过了疯狂的一夜。

有了这种近乎天崩地裂般的体验，小何被女友装入矿泉水的白色药物迷住了，他不停地向女友要这种"神药"，他就算再笨，当然也知道这是什么东西，但这时的他，已经完全管不住自己了。

这时，女友对小何说："药吃完了，钱也花完了，连生活也难以为继了，怎么办？"

小何傻眼了，钱需要自己去挣，但挣钱的路又在哪儿呢？他一点办法也没有了。

女友却不慌不忙，说："世上的钱多的是，根本挣不完，就看敢不敢去挣！撑死胆大的，饿死胆小的。你是胆大，还是胆小？"

小何说："挣钱有什么不敢的！"

女友盯着小何，说："我这方法是有风险的！"

深陷其中已经不能自拔的小何，哪里还有理智，这时为了那一口瘾，就是刀山火海，也会不皱眉地冲过去。他说："只要能挣到钱，我没什么不敢的！"

于是，女友告诉他"拿货"的方法。

小何恶狠狠地点着头，答应按女友的指点去办。

从此，他走上一条不归路，再也回不去了。

203 监室，也就成了他必然的归宿。

不，203 室不是他的归宿，只是一个驿站。

虽然他是初犯，数量也不算多，会经受沉重的处罚，但还不是绝路。以后他人生的路怎么走，对他来说，是很大很大的难题。

不论这道题他会不会解答，都必须交出一份答卷。

"柴油"的郁闷

"柴油"是一个人，他的郁闷是由他买卖柴油闹出的。

他卖柴油赚过钱，也因为柴油进了看守所。

人到中年的"柴油"身材不高，清瘦。刚进 203 监舍时，乍一照面的直觉是聪明能干、能说会道的生意人，对监舍环境应付自如。

没想到，有一天"柴油"忽然就郁闷了。这天，律师来看守所约见他谈案情。这之前，他对自己的案子比较乐观，他说他只是跟着开加油站的亲戚做点小生意，应该不会有多大的事，但还是一直等着律师来给他心里托底。现在久等的律师来了，他兴冲冲地跑去见律师，回来时整个人却蔫了，连饭也没扒拉几口，完全没有以前狼吞虎咽的风采。

见"柴油"如此沮丧，站在通道的"猫头"忍不住问道："'柴油'，律师怎么说？有希望回去不？"

"柴油"长长地叹了一口气，恨恨地说："这下完蛋了，牢底要坐穿了！"

"猫头"一怔，忙问："怎么回事？"

"柴油"惨兮兮地一笑，用快哭出来的腔调说："律师说，根据我这种行为和金额，最高要判十五年的。"

"柴油"此言一出，惊煞众人，马上几位"资深人士"予以反驳，说这个狗屁律师是胡说。

"柴油"疑惑地望着七嘴八舌的人们，目光迷离，像是喃喃自语，又像是对众人说道："坐个十年八年，我这辈子哪还有戏？这可如何是好？"

"柴油"到底犯了什么事？

我用平稳的语气说："'柴油'，你先不要慌，凡事都要讲证据和事实，你就跟我们如实说说你怎么卖的柴油！"

"柴油"这时显然非常需要客观的分析，他说："我的一个亲戚是开加油站的，是正规的，各种手续齐全，合规合法，我相当于是他的一个分站，油都是从他那里进过来，再卖出去赚点差价。"

"那为什么要抓你？"

"我那亲戚加油站卖的柴油被检查出不合格，他供出来说我也在卖，所以把我也逮进来了。"

我又问："那你的罪名是——"

"销售假冒伪劣商品罪！"

这时，小许插进来问道："你知道这柴油有质量问题吗？"

"柴油"两手一摊："我哪能知道？我又没有检测工具，只知道我那亲戚从正规渠道进货，有发票的。"

"你把柴油都卖给谁了？"

"都是熟人老顾客，主要是大货车主、工程车主、农机主等。"

"有人向你反映过油品的质量问题吗？"

"没有呀，从来没人提过我的油有质量问题，有问题我肯定很关注的，弄得不好，不仅欠钱收不回来，把人家的机车损坏了，还得吃赔账，老本都要亏完的！"

"最后一个最关键的问题：你究竟卖了多少柴油？"

"公安找我时，我把车上放着的账本都交给他们了，大约一年有三四百万的营业额吧。我的口供也实事求是这样说的！"

　　这哥们也忒诚实了，一旁的"贵州"也插嘴说："你也太笨了，怎么能把账本交了呢？"

　　"柴油"说："我亲戚那里也有我进货的账单，我想还是实事求是的好，没想到能弄出这么大的后果。"

　　这番对话之后，"柴油"所涉的案情也大抵弄明白了。

　　他只是出售了不合格的产品，并不是不合格产品的生产者，没有像那些制售有毒有害食物害死人命的严重后果，他的律师作为专业人士，为什么会对当事人作出这样的分析和判断呢？

　　一时 203 监舍内议论纷纷，但大家一致认为，"柴油"不可能获得如那位律师所说的重刑。这让本已惊慌失措的"柴油"安定下来，脸色也变得温和起来。

　　"柴油"冷静下来后，马上作出了更换律师的决定。

　　没几天，新律师到看守所会见了"柴油"。

　　"柴油"被提到会见室见律师时，203 室也就他的案情再次展开了议论。大家为"柴油"推演出了一个极具说服力的事实："柴油"所说的售出的不合格产品，只能对应被抽检出的那一批而言，而不能说"柴油"一年来所有售出的柴油都是不合格的。如果这样的推论被认定，那么，"柴油"售出的伪劣产品数量将变得很少，涉案金额可能由他说的几百万降为几万甚至更少，"柴油"为之承担的法律责任将大为减轻。

　　再说，他售出的柴油早已烧掉，无从考证。

　　"柴油"这次会见律师时回来的神态与上次完全反了个儿，他是笑盈盈回到监舍的。

　　他一坐下，拿眼扫了回 203 室全体人员，缓缓说："今天的律师说的才是人话。"

他继续说，律师在听完他的全部叙述，又连续问了一些问题，说，尽管现在还看不到案卷，但凭他刚才说的事实，她认为"柴油"不会有大事。她说她办了几十宗案子，像"柴油"类似的案子也不少，没有一个真正判刑的。

"柴油"听到大家分析的涉案数量只能依抽检不合格的那一批认定，而不应是他自己主动交代的全年销售数量时，他更加兴奋，差点跳起来，说："我咋那么笨呢？把全年销售的数量全部交代为伪劣货！"

在特大好消息的刺激下，"柴油"的话更多了，变得无话不说，无问不答。

我跟"柴油"说："亏得你有一个好老婆，尽心尽力地为你请律师、换律师！"

哪料想，闻听此话的"柴油"顿时神色变得诡异，他欲言又止，停了一会，才说："汪老师，不瞒你说，入监后，外面给我送钱送衣、为我请律师的不是我老婆，她是我的女朋友。"

真是石破天惊、大出意外，我的喉头不知不觉地涌出一个惊叹的"啊"来！

"柴油"显然看到了我的惊愕，他用平缓的语气告诉我："汪老师，我和老婆之间的关系早已名存实亡。因为在农村，离婚的名声不好，对小孩的成长也不利，所以一直不明不白地拖着。我住在县城里，一个月最多回去一次，见见孩子，给些生活费，如此而已。"

我问："那你现在是和女朋友——"

"柴油"干脆地回答："我现在和女朋友同居在一起，她是离婚的。"

我忍不住又问："是你小子弄得她离婚的吧？"

"柴油"连忙回答："不是的，我认识她时，她已经离婚了。"

接着，"柴油"跟我详细说了他和女朋友的故事。

他说，女朋友对他很好，生活上一切都是由她照顾。他说自己不是那种花哨的男人，做人一直很本分，但不知咋回事，在他开起加油站的那一年，好几个女人都喜欢上了他。是什么道理，他自己也说不上来。因为他没有钱，长得也不帅，年纪也不小了。

又是一个"家中红旗不倒，外面彩旗飘飘"，我不知道该怎么说，想了想，才半开玩笑地说："你吃着碗里的，又看着锅里的，好贪心。"

这下他急了，连连摇着手说："我只对我女朋友一个人好，我没有同时与几个人好的，其他人喜欢上我，那是她们的事。"

"柴油"说，女朋友对他很好，连她的家人都把他当自己人。说着，他拉出裤腰披着的白色内衣的下襟，给我看她女朋友写在下襟上的一句话：我爱你！

"柴油"还说，他做生意缺少周转金时，他女朋友倾囊相助，除了借他十二万现金，还帮他刷卡七八万为他周转。因为他的客户都是老主顾，采用的是月结方式，结算前加油的费用，都靠他先垫付。现在他进来了，女朋友又为他这样尽力请律师，让他特别感动。他说："我出去之后，要老老实实地为她打工赚钱，她指东，我决不向西，决不做对不起她的事……"

我看着"柴油"，面对他突然冒出的这一档子事，竟然难置一词。飞速发展、变化万千的现代社会，让"柴油"这样老实巴脚的农民，思想观念也发生了深刻变化，对生活品质的要求也远远高于他的前辈，敢于离经叛道，胆大妄为了。只是，他这样的行为，不仅为道德所不许，也为法律所不容。这些问题，不知他有没有想到。

如果他想到了这些，还能如此坦率地跟我直言吗？

在"柴油"期待好消息的日子里，他在 203 监舍的日子也到了尽头，因为 203 室已经达到人数的上限，为了让它继续发挥过渡监舍的功能，203 室又得"拆笼"，将一部分人调到其他监舍。"柴油"在被选中的人员之列，来调人的警官问"柴油"，想让他担任另一间监舍的质监，能不能干好？

所谓质监，就是以前常说的"笼头"，有个时期，"笼头"几乎成为牢头的代名词，臭名昭著。作为严格依法文明管理的 L 市看守所，不允许这样的丑恶现象存在，"笼头"后来就改称质监。

"柴油"听说能当质监，一下子喜上眉梢，乐得眉开眼笑，结结巴巴地说："肯定——肯定——能做好呀！我会全力以赴的。再不行的话，我会告诉他们是所长的指示，不怕他们不服。"

几天后，"柴油"被拆出 203 监室，喜气洋洋地到新的监舍"走马上任"。据说没过多久，他就取保候审出去了。

从他犯事的性质和程度，他面临的处罚可能不会严重，但他回归社会后面临的人生，也许有更大的坎需要他一道道跨过去。

卖假烟的"四川"

我第一眼看到"四川"时，便觉得此人不简单，有故事。

他虽不到 30 岁，但身上有煞气。眉毛浓浓的，一蹙一颦之间，有一股凶横之气，说起话来瓮声瓮气的，初看憨头憨脑、桀骜不驯，细一想绵里藏针，有张有弛，绝对是那种有见识，有不凡经历的那种人。

他因涉嫌销售假烟被刑事拘留，他女朋友也一起被刑拘，因 L 市看守所没有设女监，女性犯罪嫌疑人会被羁押在上一级的 J 市看守所。

入监后的"四川"，尽管表面上气定神闲，若无其事一般，但两只骨碌碌不断转动的眼睛，分明显示出他其实心事满满、内心踌躇，满是焦虑。

他刚入 203 监室，便被办案警察提审。受审回来后，"四川"闷闷不乐，在一旁沉默很久。终于他环顾左右，找到了我，来到我旁边，挨着我坐下，扬起眉毛，尽可能用尊敬的语气跟我说道："哥，我有点事，帮我分析一下呗。"

我友好地朝他笑笑："什么事？你说吧。"

他边揣摩边慢慢地说："警察提审我时，语气还是温和的，说只要我说实话，态度好，不会为难我。"

我看看他，诚恳地说："怎么说不重要，关键在于你的案子大小。"

他说："哥，我的案情是贩卖假烟。"

"案值有多少？"。

"十多万吧。"

我点点头："那不算多，但香烟是国家专卖，性质严重一些。"

他点点头："是的，提审时还有烟草专卖局的人在，那人挺好的，还对警察说，这两个小鬼认罪态度很好，可以考虑从轻处理。哥，你说，就我们这样的情况，能取保候审吗？"

我关切地问："取保对你很重要吗？"

他叹口气，满是焦虑地说："不瞒你说，我和女朋友本打算过两个月就结婚的，双方家长早就在准备了，都通知亲戚了。现在我和女朋友突然被抓，这不全乱套了吗？如果有机会先出去，至少能把这事给圆过来。"

我又问："女朋友怎么也与你一起做这个呢？"

他回道："我女朋友有正规工作，只是在业余时间帮我打理一下。不想把她也弄了进来。唉！现在想想，最对不起的人就是她了。"语气里满是自责。

"那她的处罚会相对轻些，你可以要求先把她取保出去。你自己尽量态度好一些，配合公安办案，女友出去了，也能安抚一下双方的家长。"

他仰起头，若有所思，轻轻地说："只要她能出去了，我就心安了。其他的事，我自己都能应付，无所谓的。"

这看似平常的一说，让我看出了端倪，顺势问道："你自己的案情恐怕不简单，你是否有案底？是不是累犯？"

面对我的追问，"四川"点头，说："哥，我是一个判过刑的人。"

果然如我所料，他不是一个简单的主。我不动声色，继续问道：

"因何判刑？"

他见周边没人在意我们之间的谈话，就压低声音，说："我因犯抢劫罪，曾被判十年有期徒刑，实际坐了六年牢。"

我虽然猜到他是累犯，但还是被他吓倒了，绝没想到他犯的是这么重的罪，这么长的刑期，而他现在 30 岁还不到呀！

他说："我那时年轻，跟一帮不想读书的毛头孩子聚在一起无所事事，为求刺激，去抢劫那些弱小妇女，成为当时相当轰动的大案，要不是还未成年的话，可能会判更重的刑。"

我兀自震惊，一时说不出话来。沉默了一会，提醒"四川"说："法律规定，犯人服完刑期如果未满五年再次犯案，是累犯，应当从重处罚，满五年后，则可以不算累犯。你算一下，上次出来到现在满了五年没有？"

"四川"显然没听说《刑法》上的这个规定，他很认真地掰着手指算了几遍，面露喜色，说："哥，我出来已经有六年了！"

我拍拍他的肩膀，安慰道："那就好，可能会有取保的机会。即便取保不了，也还有被判缓刑的机会，累犯的话，就没有缓刑机会了。"

"四川"听完有些振奋，这从他突然变得灿烂的脸上可以看得出来。

我想了一会，还是用冷静的口气对他说："你还是要做好坏的思想准备。"

"哥，你为什么这么说？"

"你细想一下，你一个四川人，为何会来这里。你肯定是将假烟卖给 L 市的人，他报案告你，你才会进 L 市看守所。而你有你的上家，你上家可能还有他的上家。公安会顺藤摸瓜，直至抓住制造假烟的人。这样一层层查下去，时间不会短的。"

四川认真听我说完，叹了一口气，说："真是这样，公安提审我的重点就是提供上下线的人，以及我涉案的金额。"

"所以你要有准备，看能否先把女朋友取保出去。"

"嗯，看来也只有这样了。"

我们这么一番交流后，"四川"的神情轻松了许多。

后来我问他："你是怎么卖假烟的？开公司还是零售店？"

他回答："我没有开办实体，全是通过微信联系上下家，打款发货。"

"相互间不见面？"

"从不见面。"

"那上下家能互相信任吗？会不会出现打了钱拿不到货或者发货了拿不到钱的情况？"

"我做了一年多，还没遇到过。刚开始相互都谨慎，慢慢熟了就放心了。"

看来，"四川"就是近年来微信上大量出现的"微商"了，他们在朋友圈发布供货信息，建立以自己为主体的网络营销体系，顺便逃避监管，甚至对国家的专营物品也发起挑战。国家对这种明目张胆的违法犯罪行为，运用法律手段进行严律打击，不仅应当，而且十分必要。

但"四川"显然对自己的违法犯罪行为认识还不够透彻，我帮他分析，他的行为涉及了两种犯罪：一是没有经营主体特别是没有烟草专营经营资质而去贩卖国家专营的香烟，涉"非法经营罪"；二是销售假冒产品，涉及销售假冒伪劣产品罪。

不错，互联网营销平台是正在兴起日益壮大的营销新模式，大大激发了中国经济的弹性，也激发了广大民众的创业热情。但不论什么平台、什么模式，都必须在法律允许的范围内运营。如果说"四川"上次犯"抢劫罪"是由于年少无知，那么，这次犯罪则是抱着侥幸心理，以为微商群体数量巨大，交易复杂，调查取证非常困难，不会有事。结果在这种"侥幸心理"上栽了大跟头。

　　人呀，任何时候都得依规守法，做一个规矩人。

千里投案

香烟是件非常奇特的商品，所有人都知道吸烟有害健康，但仍然有千千万万的烟民烟不离手，虽然有人说"饭后百步走，活到九十九"，但更多的人相信"饭后一支烟，赛似活神仙"。

香烟还是中国人社会场合最方便的名片，更有很多人拿它作为身份的象征，也是馈赠佳品。所以，香烟品种越来越高级，精品烟层出不穷，售价也越来越高，甚至高到令人瞠目结舌的程度。

国家将烟草纳入特殊行业实行严格管控，生产和经营列入国家专营体系，各级政府成立"烟草专卖局"实行条块管理，并通过烟草税收限制其规模和发展，并为国家提供可观的税源。

因为烟草市场太大，利润太过丰厚，假烟随之沉渣泛起，到处肆虐。

这天，203 监室来了个新人。这人身材瘦削，长相带着鲜明的地方特质，一看就是两广那一带的南方人。

很快我们就知道，他是广东人，姓刘，我们按照 203 监室的惯例，叫他"广东刘"。他 29 岁，因贩卖假烟被 L 市公安机关羁押拘留。

这时已是暮秋，临近冬天，气温在天天下降，最低气温达到5℃左右，203 监室天天有家人送来寒衣，让监友们准备御寒过冬，但"广东刘"仍然只穿着入监时薄薄的衣服，一点也没觉得冷，甚至还天天在冲凉水澡。

这样能抗冻，不得不让我对他刮目相看。

我问他："你是不是久居在北方的广东人，怎么一点也不怕冷呀？"

他闪动着泛着灵光的眸子，说："不会啦！我从来没有离开过广东！"

"那么冷的天，你吃得消冲冷水澡？"

他笑笑："我在家是要天天冲凉水澡的，已经习惯了，不觉得冷啦！"

我又问他："你怎么带这么一点衣服？是不是事发突然，没有准备？"

他摇摇头："不是啦！我是自己从广东过来自首的。出门时，我已经把家里过冬的厚衣服拿来了！"说着，他指了指自己穿在身上的那一件绒衣。

想不到他以为一件薄薄的绒衣就能抵御严酷的冬天。这也太离奇了。

他说他以为来自首一下，说清情况，就可以回去的。没想到被送到了看守所。

也许他真切感觉到了冬天来临时深刻的寒意。有一天，他专门问我："汪老师，怎么能让家里人送衣物来呢？"

我赶紧告诉他："你可以到我这里拿纸和笔，写一张便条，写清家属的姓名、电话以及要求送过来的衣服鞋子等物品，等唐所来巡检时交给他。唐所会让你家属从广东寄来，而不必大老远从广东跑过来。但你如果是需要钱，那就不能寄了，只能来人送达，并通过审查。总之，只要是生活上真正的需要，唐所都会帮着联系的。"

他听得连连点头，用感激的语气对我说："那就麻烦汪老师拿一下纸和笔，我要记下家里要送的东西，谢谢您！"

我和他成了忘年交。他中规中矩，相当认真地遵守着各项监规，很好地完成交给他的任务，很快他就赢得了大家的认可，也因此顺利渡过第一周难熬的适应期。

他告诉我，以前他从没犯事，这是他的第一次牢狱之灾。

我特别用心地观察着"广东刘"的一举一动，见他已可以安然地面对这失去自由的生活。

这次，在放风场队列训练结束后，我与他作了一次推心置腹的长谈，他向我敞开了心扉。

我说："听说你在网上贩卖假烟，被警方通缉？"我故意先入为主，毫不顾忌。

他毫不掩饰地回复道："是的，我开网店，卖的是假烟。"

我好奇地问："香烟是国家专卖的，难道没有相应部门在网上管理吗？"

他回复说："这里以前不管的，2012 年后才开始严管。"

我又问："网上开店，方便吗？累吧？"

他说："开店忒方便，上传身份证即可"。

我们又回到网店的话题。我问他："网店的装修、详情页的制作谁来做？"

广东刘似乎很专业地说："装修其实简单，在店铺中注明香烟买卖。当顾客具体点到烟品时，详情页中跳出来的不是具体的哪个牌子的香烟，而是一个提示语：欲买香烟，请加 QQ。买家有意，就会加我们的 QQ，这样就可以私聊，讨价还价，达成交易。"

"你们会跳开 × 宝，私下交易吗？"

"一般不会。还是得按规矩，买家拍下宝贝，付款到支付宝。

我们看到付款信息就安排发货。买家收下货确认后，支付宝才划钱给我们卖家。这样交易起来，买卖双方对钱、货安全很放心。"

我曾获"Z 省电子商务十年功勋人物"，对互联网依旧情有独钟，为之沉迷。听他说起网上互联网交易，觉得多了一份亲切。

"广东刘"当然不知道我的这点经历，他只是沉浸在对往事的反思中。他说："× 宝实在太火，开店手续又特别简便，正是在这样的背景下，我想钻一个空子，便开了个贩卖假烟的网店，可运气不好，只做了四个多月，总共十万不到的销售额，就被严管了，2013 年以后，× 宝就不允许再开这样明目张胆违犯法规的店了。"

更大的问题是，除了 × 宝强行将"广东刘"的店关店下架，接着公安机关也介入了，有专门的网警开始介入到网上交易监管上来了。他就是这样被 Z 省网警确定犯罪，并移交给 L 市警方具体侦办。

我问："这就是说，你在 2013 年就被网上通缉了？"

"广东刘"摇头："不是，我办过取保的。"

"为什么一直拖到今天才抓你？"

他叹了一口气："案子开审时，这边法院发开庭通知书给我家，我因为一直没在家住，老妈又不认字，她收到信不知是干什么的，也不通知我，这边见我没有来出庭，就发了通缉。"

"那你怎么又想到投案自首了？"

他回答："知道自己被网上通缉后，心中一直很恐慌，什么事也办不了，这几年一事无成，基本上算废掉了。想想自己的事并不大，老是躲着并不能解决问题，特别是小孩子快上学了，我怕小孩子长大了还有个被通缉的父亲，所以左思右想，斗争了很长时间，终于决定来自首。"

"家人支持吗？"

"广东刘"又答："老婆不太支持，但我老爸很支持。没有他的支持，我恐怕也下不了这个决心。"

我小心地望着这位内心并不平静的年轻人，问他："你在你们当地自首的吗？"

他颇有感慨地说："不！我自己来 L 市自首的。"

我的好奇心再次被激起："千里之遥，又正被通缉，你怎么来的 L 市？"

"广东刘"说："我因被网上通缉，又不想在当地自首，但不能正常地凭身份证购买车票，否则很快就会在路上被警察抓到，那就不算自首了。"

"那你怎么过来的？"

他一脸苦笑："唉，像千里大逃亡一样，别人是为了不被抓而东躲西藏，而我是为了来投案而'千里大逃亡'。我在来的时候反复研究了路线，先到汕头，不敢进车站去买票，就在车辆开行的半路上拦车，上车后直达 J 市，从 J 市拦车到了 L 市，最后打的去了警局，这才顺利完成自首之旅。"

"广东刘"千里投案自首的确有些神奇，经历也足够惊心。

因为自首，量刑时将考虑他的自首行为性质，减轻对他的处罚，不能不说，他做得明智。

但他毕竟要为他的侥幸心理和对法律的无知，付出相应的代价。

怕事就别惹事

涉及贩售假烟的在押嫌疑人，203 监舍有好几位。除了"四川"和"广东刘"，还有一个"福建罗"。

"福建罗"自然是来自福建，但他没有直接贩卖假烟，也没有直接生产制造假烟，他在这个产业链条的上游。他来自福建著名的制贩假烟地区，四十上下，头顶已经微秃，一口浓重的闽南普通话。眼睛忽闪闪的老是眨个不停，一看就是心里装了七个辘轳的主。

他进 203 监舍时，神情颇为急躁，心绪不宁。对大多数进来的人来说，这样的反应也应该算正常。只是，看着他这个样子，还是觉得有点不对劲。

有点意思的是，虽然我在一边默默地观察着他，他也不动声色地注意到我。和"广东刘""四川"一样，"福建罗"进入监舍的第二天，就缓缓地走过来，蹲在我跟前，说："大哥，我有点问题，可以请教你吗？"

对于这样的不速之客，我已经习以为常，和气地朝他笑笑，回答说："不用客气，有啥事你就说吧。"

他却突然绕了一个弯，不说自己的案子，只是说："我是福建云 X 的。我们那里，制贩假烟一条龙，想要什么香烟，我们全都能生产出来。"

提到福建云 X，确实闻名遐迩。但出名的不是它得天独厚的自然环境和丰富的物产，而是它在假烟制、贩、运上的全产业链。

据说，这个地方生产的假烟，不仅装潢包装上超过了正宗产品，能做到以假乱真，而且这些假烟从"大中华"到"利群"，到全国各地出产的名烟，售价只是正品的四分之一，由于躲开了国家的烟草税和国家专营，足以为这个假冒产业赢得暴利，吸引了众多敢于以身试法、铤而走险的人。

据说，只要有去云×的外地人向本地人打听假烟的事，马上就会有人拥上来，给打听的客人包吃、包住、包玩，游山玩水吃海鲜，把客人招待得心满意足之后再坐下来慢慢跟外地的客人谈生意。这种制售假冒产业让当地很多人发了财，同时，也让很多人锒铛入狱，遭受法律的制裁。

他很是神秘地跟我说："我们那边的人，靠这个发财的人很多。等以后出去后，我接您到我们那儿去做客，包您满意！"

也许他看我戴副眼镜，把我当成有点学问，想发财又没办法的那种人。

我冷冷地回答他："我不抽烟，对制售假烟没有任何兴趣。"

我的这种冷淡马上使他改变了策略，他换了个态度，以相当尊重的语气说："您帮我分析分析，我接下来应该怎么办才好。"

我瞥他一眼，说："你得先说一下自己的案情，我才好和你一起分析分析。"

他露出一副很无奈的表情，说："前年，有朋友要我帮忙到宁波安装一台机器。就这么个事情，就把我给弄这里来了。"

看来他们那个地方的假烟产业链比我想象的更完整，连设备制造和安装都有专业人才。

我不绕弯子，直接说："帮忙安装机器怎么可能抓你？不会这么简单吧？"

"福建罗"忙说："这台机器是用来制作烟丝的。"

这句话说出了问题所在,我说："安装机器的不是正规卷烟厂吧?用来生产假烟的?"

他又拿出一份无奈的语气："是这样的!但我没有参与生产假烟,只是帮助安装机器。"

我接着又问了一个关键问题："那机器是不是你帮助介绍顾主购买的?"

他说："绝对没有。"

"那你收了安装机器的钱没有?"

他相当坚决地告诉我："据说那边付了两万元的钱,公安方面说是 3 万。但不管是多少钱,我一分钱也没收!"

我想了一下,也诚恳地对他说："既然你一没介绍卖机器,二没有收过安装费,三没有参加他们制造假烟,责任应该不是很大。"

听我这一说,"福建罗"眼光亮了。

我一看,生怕误导了他,赶紧说："这个事情有些蹊跷,你什么也没有收,难道纯粹是朋友帮忙?"

他只得从实说道:"本来是想参与的,但到宁波安装现场一看,觉得太不安全了,所以安装完就回家了。"

我又问:"怎么会觉得不安全呢?"

他说:"这台机器每小时能加工 8000 公斤烟丝,一天下来有十几大车的量,需要 80—90 个工人生产,又在那么热闹的地方,太容易出事了。我为了安全起见,想想就不参加了。"

我点点头:"其实你是部分参与,好在你及时退出,否则事就大了。"

他忙不迭地回道:"对!对!对!"

我怀疑"福建罗"还有事在隐瞒，就问："你在宁波安装机器，为什么是 L 市的公安来抓你？"

"福建罗"果然反应快。他看出了我的疑惑，连忙说："我也十分奇怪，问了提审我的警官，但他们不肯告诉我。"略微停顿了一下，他继续说，"我怀疑机器又从宁波转移到了 L 市，在这里出了事，连带着把我也扯出来了。"

"福建罗"的案由大致清楚了。

我实事求是告诉他："你的案子，关键在于你究竟有没有收过钱，有没有参与生产制造假烟，一切要凭证据，这个你自己最清楚。"

"是！是！是！""福建罗"一连串应道，接着他又问，"汪老师，我这样的情况可以取保吗？"

我说："如果确如你所说，只是不收钱帮了一回忙，应该没大事，但我还是建议你聘请一个律师，让律师来帮你操作。"

"怎么才能请到律师呢？"

"你写一个便条，让唐所转给你家属，你的家属或亲戚朋友就能为你请到律师。"

"福建罗"频频点头，向我要了纸和笔，写好了便条，一声"谢谢"后，便回到了自己的座位。

便条送上去没两天，"福建罗"就沉不住气了。他连着几次问看守所唐所长："老婆的电话有没有打通？"

唐所长明确地告诉他："打通了，我告诉你老婆了，说你要她来这里请个律师。"

"福建罗"像是有些不太放心，继续追问："那我老婆怎么说？"

唐所长说："你老婆说好的，她会来的，但需要过几天时间。"

　　照理说，这样的回答能让"福建罗"放心了。谁知晚上他又一次来到我身边，向我要纸笔，说还要再通知他的弟弟，帮他请律师。为什么要这样？我在心里打了个问号。

　　次日上午放风，"福建罗"一脸严肃地问我："汪老师，我在牢里，老婆如果提出离婚，家里的财产是不是全归她？"

　　我笑着告诉他道："这你不用担心，家庭财产属于夫妻共有，不会因你坐牢就变成她的。"

　　他听了似乎心安了点，点了点头。

　　我顺势追问了一句："你们夫妻关系不好吗？"

　　"福建罗"面露苦涩，说："我在外面有了小老婆，关系还会好吗？"

　　这话像一记闷棍，打得我只能闭嘴，再也不想跟他说什么了。

　　后来，"福建罗"被拆出 203 监舍，虽然知道他一定会受到惩处，但他后来究竟是什么结局，不得而知。

病急投医

在我看来，有的人进 203 室，是明知后果还要铤而走险，硬着头皮闯进来的；有的人是认为"小节无害"，为达目的用点小聪明打个擦边球，以为不会有事，结果却摊上了大事，稀里糊涂把自己给送了进来。

"温州林"进来时，正是春寒料峭的晚上，他身形瘦弱，身上的黑色羽绒服因入监时剪去了领口处的金属纽扣或拉链，露出一截截白色的羽绒，露出些狼狈。面无表情的警察"咔嚓"一声打开他的手铐，喝了声"向后走"，他便神情恍惚地一直向后走，一直走到监舍另一端通往放风场的铁门前，还立在门口，像是等着铁门打开，继续向里走，他茫然的举动引得 203 室的人一阵大笑，纷纷叫道："到了！"

还愣着神的"温州林"也有些不好意思地笑了。

我想，如果一个人头昏脑胀到了极处，差不多就是这个样子吧。

他说，他去年就因案子的事被抓了进来，后因案件已基本查清，他因身体不好，被取保候审。这次是因为开庭了，才再次被收监。

他脸色苍白，一副病恹恹的模样，有气无力地说："我身体很差，根本不能坐牢！"

我说："进来前，不是都要做体检的吗？如果你的身体不适合坐牢，是不会让你进来的。"

他摇摇头："汪老师你不知道哇，我有胃出血的毛病，这毛病不犯，B超什么的检查不出来。光嘴巴说说没人信呀。"

我说："你可要好好保重，千万不要在这里出事！"

他感激地点点头。

越怕出事，越是来事。

这天晚上九点刚过，依照《看守所一日生活制度》的规定，已进入晚间就寝时段。"温州林"和大家纷纷脱掉外衣，钻进了被窝，监舍通道上只留下当班值班的小王和云南。我很快也迷迷糊糊地进入梦乡，忽然觉得笼板上有人快速起身，蹿下笼板，去到了后面的卫生间，心想：谁这么毛糙，弄出这么大的声响，影响别人睡觉休息。

这时，从卫生间里传来一阵异动，我警觉之下，猛然睁开眼睛，撑起上身望去。值班的小王这时也叫了起来："不好了！'温州林'拉血了！"

我赶紧推醒身边的老包和值日生小许。

我们过去时，看到"温州林"在小王的搀扶下，歪着身子靠在墙上，身下拉出满满一坑血。

老包是职业医师，一看情况不妙，一个箭步蹿到报警铃处，捺动警铃按钮。哪知偏偏那晚报警器有故障，不论老包怎么按，报警器兀自哑口无声，真的急死人了。

小许急得跳上笼板，手里举着塑料凳，对着监控的摄像头不断挥舞，大声喊叫。另外几个人也扯着嗓子大叫："所长，这里有人生病！"

值班警官听到动静，来到监舍的二楼窗口，问："出了什么事？"

小许大声叫道："报告！这位'温州林'胃出血，拉了一大盆的血！"

值班警官一怔，马上说："你们看好他，我马上去通知领导和医生！"

也就两分钟的样子，看守所值班领导、警官和医生一起来到监舍内。他们神情严峻地观察现场，了解情况。在女医生的指挥下，小许、小王和云南等人将"温州林"扶到笼板上平躺下来，医生随即测量了他的血压，询问了病情。

"温州林"躺在笼板上，脸色苍白，情绪止不住地激动，嘴上不停地嘀咕着："我早就说过，我这样的身体不能坐牢的！"

警察们表现出足够的耐心和细致，一位年长的警官轻声安慰他说："你别着急。决定收监的是法院，但你出现这种情况，我们会为你处理好的。"

另一位年轻的警官像是自言自语地说："像他这种情况，应该可以申请保外就医……"

经商定，决定将"温州林"送监外就医。

按规定，将在押人员带离看守所必须履行严格的手续，并给在押人员佩戴相应的戒具。"温州林"也不例外。不到五分钟，我们看着担架车推进监舍。在警察指挥下，我们七手八脚将"温州林"抬上了担架车，警察给担架上的"温州林"戴上脚镣手铐后，四五位警察簇拥着担架车出了203监舍。随着铁门一路"咣当、咣当"的开启声，我们感觉到"温州林"终于出了看守所，大家也长长舒了一口气。

经这么一折腾，我全然没有了睡意。翻来覆去难以入眠。望着监舍高高的天花板，思绪万千，突然想起远在千万里的妻儿，想到以前自己生病住院期间妻子对自己无微不至的关怀和照料，心中涌出一阵阵凄凉和痛楚，眼眶中不知不觉噙满了泪水。

　　我又想起来刚刚入监时，因冷水冲澡引起严重的咳嗽，通宵不停地咳嗽，怕影响同舍狱友，只得支起身子坐了整整四夜，在坚持到第四夜时，整个人接近崩溃，觉得末日已经来临了，对坐起身来为我捶背的老包哽咽着说道："我挺不住了！"那种濒死时的感觉，最想见的是妻儿，最怕见不到的，也是妻儿。现在想起来，依旧热泪沾衣……

　　人在失去自由的时候，才能最真切地感受自由是多么宝贵；生命在最脆弱的时候，才知道家和亲人对自己有多么重要！

　　如果金钱和悔恨能换来自由，我会毫不犹豫，用全部财富，去换取全家人的自由、健康、平安、幸福！

　　在这般复杂交织、高低起伏的思绪中，我渐渐有了些睡意。蒙蒙眬眬中，看守所的铁门又"咣当""咣当"地一道接一道打开了，紧接着，我们203监舍的笼门"咣当"一声开了，我欠身抬头，看到一辆担架车被推了进来，"温州林"在送医数小时后，又被送回了监舍。

　　值班人员在警察指挥下，将"温州林"抬上笼板铺位，警察又特意叮嘱一番值班人员，随担架车退出了监舍。

　　在监室长明灯下，笼板上的"温州林"因为失血过多，脸色惨白，神情憔悴，看上去一脸的凄凉，情绪低落。

　　老包俯下身去，轻声问道："去医院都做了些什么？"

　　"温州林"抬起沉重的眼皮，说："做了检查，输了止血药物，观察了一段时间，不出血了，就又送回来了。"

　　老包叮嘱他："那你好好休息，有事叫我们。"

　　"温州林"点点头，没有言语。

　　趁着天还没亮，大家又一次钻入被窝，经这这样的折腾，笼板上辗转反侧睡不着的人多了起来。

就在迷迷蒙蒙间正要睡着时，"温州林"那边又出状况了，他在值班人员搀扶下进了卫生间，又发生严重的出血现象，值班人员一见不妙，赶紧大叫小呼地将小许、老包和我们几个叫了起来。

懂医的老包一看，出血情况比第一次更严重，急忙叫喊着再次招来了警察和医生。

警察和医生一看情形，二话没说，再次启动了送医行动。

这一次送医后，"温州林"再没有像上次那样很快被送回来，显然是住院治疗了。

尽管一夜无眠，天亮后大家还是照常起床，"温州林"成为203室最热门的话题，七嘴八舌的，或是讨论他的病况，或是猜测他的就医状况。监舍值日生小许很"资深"，他告诉大家说："送到外面医院就医时，必须24小时有警察值守，且上戒具，要动用大量警力，'温州林'应该在医院待不了多久。"

我问："生病住院治疗，难道不可以让家属来看护照顾吗？"

小许摇着头，说："不可能。家属不可以来的。"

果然，在送医后的第三天傍晚，"温州林"被送了回来。

这次他是走着回到203室，经过三天的治疗，他的状况大为好，脸色红润了许多。

主管刘所也跟进来，交待小许、老包等几位要重点关注和照顾，并特许"温州林"白天如有不适，也可以上笼板躺下休息，同时告诉"温州林"："这一周已通知伙房为你单独供应粥。"

回来后的"温州林"显然情绪大好，话也多了，对大家的询问基本能做到有问必答。

"温州林"说，他在医院病房内，共有八名警察或保安，分四班 24 小时看守他，还得用手铐铐在病床上，病房内有一位老大爷，可以与他聊天，旁边的警察不会干涉，但绝对不得见家属，由医院提供专门的营养餐。

这天下午四时左右，负责送达法院判决书的黄警官突然出现在 203 监舍外，他大着嗓门叫道："林××！"

毫无疑问，这是"温州林"一直期盼着的法院判决书来了。"温州林"身体猛地一颤，脸色不自然地紧张起来，他有点踉踉跄跄走过来，从黄警官手中接过资料，签了姓名、按下指印后，接过判决书，又踉跄着回到自己的位置，颤抖着打开了判决书。

远远望过去，那份判决书似乎很厚，"温州林"快速阅览了前面的内容后，迅速跳过去，去翻看那决定他命运的最后一页。

看完判决结果，"温州林"呆愣在那儿，沉默不语。

"温州林"接到判决书后，经过一昼夜反复思量，他决定上诉。但他不懂如何办上诉的手续，就跑到我这里来讨教。

我郑重地告诉他："首先向主管所长申领上诉表，这表格一式三份，具体内容应根据判决书的情况来写，你不会写我可以帮助你写"。

"温州林"听我这么说，显得特别高兴。

当天晚上，收看完《新闻联播》后，"温州林"带着判决书和上诉材料来到我身旁，我终于有机会认真地看了那份厚厚的判决书，并和他作了深刻的交流。

原来，在温州金融改革期间，各种新型金融改革纷纷兴起，"温州林"和几位亲戚朋友投资开办了一个"温州××货币兑换有限公司"，渗透到原本仅由银行业垄断的货币兑换业务。他任公司副总经理。

"温州林"告诉我："我们公司尽管被核准为可以办理货币兑换业务，但仅限于针对个人小额现钞的兑换，不能为有外汇存款的企业开展兑换业务。"

"温州林"等人利用公司及其在香港成立的另外五六家公司内外配合，先后为多家企业兑换货币总额超过 1 亿美元，他们自己非法获利数十万元。因为他们开展国家从不允许或核准非公机关非个人现钞类兑换业务，因此构成了"非法经营罪"。

法院依据刑法中"非法经营罪"的相关条款和标准，判处作为主要责任人的"温州林"有期徒刑 2 年 6 个月，并处罚金人民币 80 万元。

"温州林"承认自己犯罪的事实，但认为量刑过重，他想上诉以减轻处罚。

我问"温州林"："你们在操作这些业务时，难道没有想到会有法律风险？"

"温州林"满是苦涩地回答："当时做此类业务的人不少，没看到有人因此犯事，也就认为只是打打擦边球，国家会睁一只眼闭一只眼的，久而久之，思想上就麻痹了，如果早知道是这个后果，打死也不会做！"

世事往往如此，身在其中时，茫然无知，等到明白过来时，后悔已来不及。

我帮"温州林"填妥上诉表，没想到他却在上诉截止日的最后一刻放弃了上诉。

原来，室友小许以丰富的阅历，帮他作了详细的分析，认为判罚适当，即使上诉，改判的机率微乎其微，还不如早点执行判决，以他的身体状况，在监狱或许能得到假释机会，至少，在监狱可以得到比看守所好得多的治疗条件。"温州林"经过彻夜思考，接受了小许的分析，放弃了上诉。

十天后，"温州林"在看守所会见了家属，并由看守所送到监狱服刑。他走的那天，看上去心情不错，不再像刚进来时那样沮丧。

望着他离去的背影，我在心里默默祝他此去一切安好。

别跟着陌生人做坏事

写下这个标题时，我心下仍会隐隐作疼。多好的孩子呀，错在一念之差上。

小赵家在湖北，25岁血气方刚的壮小伙儿，身高一米八，高大健壮，英俊的脸上轮廓分明、线条优美，如雕刻出来一般，两只眼睛炯炯有神，长得很像韩国明星都敏俊，他走在大街上，一定会引来无数路人回眸，如同无数妙龄少女梦中的男神，可他却来到203监舍，让我们一个个瞪圆了眼珠，默默摇头，心里暗自叹息。

见了小赵，一贯平静似水的老包脸上也漾出了微笑，接着便是轻轻地摇头叹息。

小赵进来时，脚步明显带着蹒跚，像是行走不便。刚进来，和大家一样经历一个午睡后，听着号令起床时，仍是一脸疲惫憔悴、睡眼惺忪，整理内务手脚虽麻利，却也显得生分拘谨。这一切，都暴露了他在进入看守所前的一两天以及很长一段时间，他的身体和精神经历了非同一般的经历，以致年纪轻轻的，竟然难以很快复原。

因为有点文化和资历，我负责监舍日志的记录登记工作。在监室内务整理完成后，我特地清了清干涩的嗓子，冲小赵喊道："新兵，过来登记一下！"

他不确定我是不是在喊他，只是抬起头，瞪着疑惑的眼神在张望。旁边的人连忙为他指点，他便带着有些羞涩的表情，来到我跟前。

"蹲下！"又有人出声指点他。

我看到小赵的脸上快速闪过一丝不悦，然后陡然收住，半蹲在我身前。

看着他一脸阳光的微笑，我的心里早忍不住赞叹，好一个俊美的孩子！但面上我还是装出一脸严肃，闷声问道："姓名？"

"赵勇！"

接着是年龄、籍贯、婚否等常规问题，然后我特地停顿一下，加重语气，问："犯什么事进来的？"

小赵怔了半晌，憋红了脸，低首嗫嚅道："盗窃。"说完，余光还扫了周围一圈。

我近来听力有些下降，猛一下没听明白，大声提醒他："讲大声点！"

小赵面露愠色，但还是大声回道："盗窃！"

这清晰的回话把我怔住了，这么光鲜靓丽的阳光男孩，竟然会因盗窃进来？我懵了，心里像是被针扎了一下，一时无语。

男孩不知我的问话结束没有，对我的突然停顿有点手足无措。

我压着心情的澎湃，和颜悦色地对他说："小赵，从年纪上讲，我可以做你的父亲，我很喜欢你，你介不介意我问你一个问题，不管你是否愿意，你都要诚实地回答我，行吗？"说着，我握紧了他的双手。

小赵读懂了我的真诚，他低头沉吟，宽阔的双肩有些耸动，看得出他的内心在激烈波动。

我连忙拉过一张小凳让他坐下，在他抬头说声"谢谢"的一刹那，我看见他的眼眶噙满了泪水。

他的样子让我的心猛得被揪得更紧，一时间，周围也沉默安静下来。

终于，小赵开口了，说："老师你问吧！"

我一双粗粝的大手握着他温润白晰的双手，就像架起一道中年与青年的桥梁。我问他："看你身强体壮，拥有这么优秀的自身条件，为何会犯这样的事？这太不合常理了，你有什么苦衷，可以告诉我吗？"

小赵说出的故事，让我为之震惊和不安。

他出生在一个温馨安宁的家庭，从小到大，一直深得父母的宠爱，无忧无虑。成人后，他跟着父亲，先后到深圳、广州、福建等地打工赚钱，还学到一手好手艺，在福建一家机械加工厂打工，受到老板重视，月工资有五千多元。他父亲在广东一家工厂当领班，收入也不低。家庭说不上富裕，但并不比一般家庭差。加上家庭一直和睦，一家三口都觉得幸福。

没想到，一年前，小赵的母亲患上了尿毒症，这个病成了幸福家庭的灭顶之灾，他父亲不得不辞去工作，回到老家照料，而高昂的透析治疗和药物开销，一下子将家里辛苦攒下的存款消耗殆尽。这种病如果彻底根治，只能实施换肾，且不说能不能等到能够匹配的肾源，光换肾的手术费用至少得 30 万。小赵为此陷入了深深的痛苦和绝望，他爱妈妈，想挽救妈妈的生命，但能救妈妈的只有钱，他需要钱，需要很多很多钱，而且能够快速地挣到。这样的念头一旦萌生，就挤满了他的脑子，在他的脑子奔腾不息，让他彻夜难眠。他知道仅凭他一个月五千多的工资，是绝对做不到的。于是，他想起"马无夜草不肥，人无横财不富"这句话，苦思冥想能快速赚钱的法子。

在这样苦苦找不到出路、想不出办法的情况下，小赵沉沦在无边的晦暗和绝望中，网络成了他躲避现实的最好去处。这天，他在网上认识了一位陌生的网友，这个网友非常愿意与小赵结交，经常以异乎寻常的耐心倾听着小赵诉说苦闷，并不时发出感叹和同情之声，一来二去的，两个成了无话不说的好朋友，互加了微信好友，联系更加方便和紧密。

这天，那位微友在网上直截了当地对小赵说："你想尽孝心，其实也不像你说的那样毫无办法，就看你有没有胆量了！如今这个社会，撑死胆大的，饿死胆小的！"

小赵像是看到一道亮光，又有些不信，忙问："怎么说？"

微友说："我们玩票大的，运气好，就什么都有了！"

小赵问："怎么玩？"

微友道："入室。"

小赵说："我从来没干过，不会！"

微友说："你只需跟着我就行了。我是职业的，从未失过手，一般我不带人，见你有孝心。我们又是好朋友，这才有心拉你一把。"

小赵说："容我考虑一下。"

"随便！"

应该说，刚刚25岁的小赵显然未经世事，太过单纯，面对这个从未见面的微友在他看不见的地方画出的一个空心大馅饼，他在救母心切的潜意识驱动下，竟然不假思索就轻易信了对方的鬼话。他经过一个晚上的思考和内心激烈的争斗，良知被无限膨胀的邪念生生压死，作出了非常荒唐的决定：干！

于是，微友让他即刻起身赶到 L 市，开个宾馆住下，然后微信通知他，耐心等待他的安排。小赵依言，以探望母亲为由，向厂里请了半个月假，怀揣仅有的 3000 元钱，来到人生地不熟的 L 市，开始了惴惴不安的等待。一连数天，那位幽灵似的微友既不回信息，也不通电话，一直到小赵以为上当，准备退店走人，那人才现身，还带来个姓章的同伙。

那个微友说他这几天一直在 L 市踩点，找到了城郊结合部的一个小区。这天，他们三个人打的来到这个小区，微友和章哥在一旁低声耳语一番，走过来对小赵说："别怕！要去的这户人家我已经观察了好几天，这时段家里绝对没人，你放心地跟着章哥去，一切听他的就行。"

小赵懵懂地问："那你呢？"

微友拍怕他的肩膀："我在外面望风，你们放心去吧！"

那位姓章的小偷带着小赵，从事先观察好的地方轻松翻越围墙，找到那栋楼那个单元那个房门。章姓小偷拿着工具，十多秒钟就打开了房门。房间里果然没人，两人分头到各个房间借着手电的光亮翻寻。无奈这套房刚刚装修完毕，主人还未入住，倒腾半天只找到两条香烟和二扎白酒，就提着这些东西又翻墙逃了出来。回到小赵住的宾馆一看，只是二条普通的香烟和八瓶本地出的不知名白酒，值不了几个钱。小赵只觉一盆凉水兜头浇下，想想刚才提心吊胆，冷汗直冒，却只得到这点"战果"，不免大失所望。

微友看出小赵的心思，安慰他说："别泄气，过几天一定带你弄票大的！"

这几天，三个人吃住都在小赵住的酒店，那两个小偷早出晚归，四处踩点，寻找目标，小赵只负责在他们回来时点好快餐。虽然喝的是顺手拎来的白酒，抽的是那顺来的香烟，但住宿费及三人其他的花销，都是小赵在出，让小赵囊中愈见羞涩，心想，再不做票大的，他连回工厂的路费都没有了。

几天后的一天傍晚，微友告诉小赵，晚上要进别墅区逮条大鱼。

晚上十点左右，他们照样打了出租车来到一个别墅园区，按照计划，仍是章姓小偷带着小赵进入别墅，那位微友则在外面把风。

就在小赵战战兢兢随章姓小偷翻墙进入园区，刚一落地，十多位等候一旁的保安一拥而上，将他们死死按在地上。

围墙外的微友也随之被抓。

原来，这是 L 市的高档别墅小区，安保设施配备齐全。小赵他们还在围墙外鬼鬼祟祟地指指点点时，小区围墙边的高清摄像头已记录了他们的可疑行为，别墅保安不动声色，迅速集结人员将他们包围。甫一落地，便来了个瓮中捉鳖。

这些训练有素的保安上来就毫不留情地伺候了他们一顿饱拳，还有保安拿着橡胶警棍，专抽他们的大腿和屁股，直打得他们皮开肉绽，鬼哭狼嚎。直到警察快到时，才停止殴打。

没多久，赶到的警察将他们带到派出所，当晚作了一份简单的笔录，第二天上午被正式刑事拘留，转送到看守所，小赵进了203监室。

小赵终于从噩梦中醒来，他与那两个小偷初次见面，只知道其中一个小偷自称姓章。

说他就像做了一场恶梦，至此他连微友和章哥的姓名都不清楚，还让他们白吃白喝白住，小赵辛苦打工攒下的 3000 元钱，本来可以用在给他母亲治疗上，却被那两个小偷忽悠，给他们花得只剩不到 300 元。

小赵脱掉牛仔裤，让我们见到他大腿和屁股上大片大片的瘀青，这些保安，下手够狠的！

　　我终于明白小赵进来时步履蹒跚的原因，但我更加担心的是，那两个小偷显然是老谋深算的职业小偷，他们知道如何避重就轻，移花接木甚至偷天换日。小赵是初犯，又是从犯不假。但他们住的酒店是以小赵的名义订的，花的也是小赵的钱，进入室内的，也有小赵。很可能，他们在行动之前，就为自己想好了脱身之计，要将策划者和主犯的黑锅，硬栽到小赵身上。

　　涉世不深、思想单纯的小赵接下来很可能将面对这样一个阴谋，如何从这种构陷的阴谋中平安脱离，只承担自己应该承担的刑责，是小赵面临的又一个巨大考验。

　　年轻人啊，珍惜生命、珍惜大好年华从来不是一句空话。

　　不要跟陌生人说话，更不能丧失理智和天良，跟着陌生人做坏事！

攀崖之险

　　湖北小赵的经历让我感叹，每个人都在不断付出代价的过程中成长。

　　而羁押在 203 监室的每一个人，都有自己的成长经历，甚至是生死考验。这些难忘的经历大大有益于后来性格气质的养成，甚至是关键时期的战略决断。但是，人生的命运如果落在非此即彼的生死决断上，对错之间，也许数十年间，才能看个清楚明白。

　　这天，老包跟我讲叙了他年轻时的一次冒险经历，听得我惊心动魄。

　　老包还是小包的时候，身体素质极佳，运动上就是一把好手，曾参加 L 市代表队参加市级运动会。后来，他考入一所中医药大学，毕业后又分配回 L 市，成为一名年轻的医生。

　　那时的小包，年轻有为，活力四射。他和大恒、为民、阿波三位同学，都是年轻力壮，血气方刚，时时邀约一起，不是骑自行车到杭州旅行，就是闹腾着去江西爬山，让自己的青春岁月，充实又惬意。

　　这天，四人又邀约着去义乌徒步游，他们清早五点半从 L 市坐车至横溪，计划在横溪用完早餐后，徒步翻越两座山后，到达义乌城区。

　　车子仅半小时就到达横溪，在镇上吃过早餐，打听好前往义乌的山路，他们开始了翻山越岭的徒步之旅。

　　浙江中西部山清水秀，处处美不胜收。他们行走在少有人迹的山岭峡谷，呼吸温润的空气，观赏着大自然鬼斧神工赋予的神奇画卷。不知不觉间，他们已走了近两个小时，翻过几个不高的小山坡，浑身开始冒出汗珠。这时，阿波看到他们右前方处有一处突兀而起的山峰，似"一柱擎天"的宝剑，摄人心魄，他们便商议在那座山峰的山脚驻足打尖，补充能量。

不一会四人冲到山脚下，在地上铺开一块塑料布，拿出早已备好的各种饮料和食品，阿波特意带来的一瓶好酒，四个人开怀畅饮，大快朵颐，好不开心。

已是正午时分，一个上午的行走，让他们浑身发热，阵阵山风挟带着山野气息，时时拂来，"如坐春风"，正是他们此刻的情状，更让这些年轻人一个个襟怀大开。这几位志同道合的好友，就像《论语》中"暮春者，春服既成，冠者五六人，童子六七人，浴乎沂，风乎舞雩，咏而归"的青年儒生，在无边春光中，尽情释放自己的青春力量。

这时，大恒忽然站起来，手指前面突地而起的奇峰，大声说："你们三个继续喝酒，我去把这座山攀下来！"

好一个"攀"下来，这是要踏平坎坷成平路吗？

小包他们此刻正在兴头上，没有多加理会，喝着自己的酒，任由大恒一个人去攀山。在他们看来，体壮如牛的大恒不一会便会踩着胜利的小碎步，哼着小曲乘兴归来。

他们喝喝聊聊，纵横天地，已到物我两忘的境界。突然，小包想起大恒早应该回来，怎么还不见他人影，便朝那座山峰望去，只见大恒仍在往上攀爬，但只攀爬不到四分之一的位置，且速度越挪越慢。小包心下暗暗盘算，照大恒这个速度，上下这座高峰得花两个多小时，如此一折腾，天黑前将不能赶到义乌，搞不好要在山上过夜，而他们对此毫无准备。

为了赶时间，小包决定带上身体素质同样出色的为民一起去攀那座无名山峰，帮着大恒把速度带上去，尽快完成登顶和下山。

当时的小包正是年轻气盛，自信满满，认为自己和为民身手矫健敏捷，大恒则显得有些粗壮笨拙，只要带一带，一定能提上速度。等到他们自己攀上去，方知压根不是那么一回事。

俗话说"看人登山不吃力"。小包在下面看着大恒攀登一点都不吃力，轮到他们自己了，刚开始浑不用劲，"飕飕"直上，不大工夫，便到了离大恒十多米的距离，没想到，此时山坡突然变陡，必须一只脚蹬紧了，才能挪另一只脚，手上更是不能放松，眨眼间，他们的姿势就由"蹿"，改成了大恒式的"爬"。这时，大恒看到小包和为民也在攀登，马上关切地朝他们喊："这山不好攀，你们小心一些，当心脚底打滑！脚下一定要先试踩一下，才能站上去，有的石头松的，手必须先抓牢树干或树根，脚下才能着力踩上来！"

小包和为民很快知道"不好爬"是什么滋味。他们手脚并用，尽管离大恒很近，但这很近的距离就是无法超越。时间在一分一秒地流逝，他们的体力也在一点一点地消耗，渐渐有了手脚酸楚、力不从心的感觉，两人的额头上跟着都沁出了丝丝汗珠。

随着攀登的进程，他们三个人已爬到距离山顶差不多一半的高度。此时太阳已正中偏西，阳光有些晃眼睛，越往上行，山风变得越大，这些风在与峭壁的摩擦中，发出奇怪的啸声，颇有点瘆人。

小包喘了口气，朝为民和大恒喊道："哥们，不好玩了，我们掉头下去吧！"

大恒大声回答："你往下看一眼，我们能下得去吗？"

小包闻声，向下一看，顿时倒吸一口冷气，一阵眩晕随之袭来，他脖子后的汗毛根根直立起来——

往下一看，小包才明白自己就像被悬立在二十层高的楼顶，没有安全带，没有安全帽，没有安全垫，只有四周阴森森、空幽幽不着边际的旷野，刺眼的阳光，漂移着的白云和猎猎作响、擦身而过的山风。稍一失手，便会马上坠落，神仙也救不了。

他们明白，往上，攀上山顶，便是生机。往下，那是万丈峭壁，绝无生路！

没说的，三人一致决定：继续向上。

攀爬中，小包再次抬头，山顶似乎还是遥不可及。他心头一凛，忙对大恒和为民说："上面的距离还有很长，我们蓄点劲，别发力太狠了。"

这之前，他们根本没听说世界上有一种攀岩运动，更不知道攀岩有很多专业工具和专门技能，就在毫无任何准备的情况下，猝不及防地让自己置身险境。现在，半山腰中，神仙也救不了他们，唯有自己能救自己。小包连连用深呼吸平复自己紧张的心情，告诫自己绝不可以慌乱失措。他也这样鼓励和自己一样在苦苦支撑的为民和大恒。

说了小包他们当时置身的险境，还得回过头来，叙说这座山峰的状态。

这是一座非常突兀的山峰，除了在徐缓起伏的青山群峰中，它突然拔起 100 多米高，直矗矗似剑般要插入云宵，非常陡峭。同时，它还是一座阴阳山，小包他们正在攀爬的一面除下部底层略有土质缓坡外，往上尽是笔陡的石壁和石块，凹凸不平，而山的背面，则是附着了土质，覆盖着树木森林的缓坡。所以，在不可能掉头往下的情况下，只要爬上山顶，他们就有了活路！

此时此刻，小包、大恒和为民像只壁虎悬在离地面50多米的峭壁上，周围完全没有可供攀拉的树丛灌木，而这样的停留也是大量耗费体力和精力的，他们唯有屏除一切杂念，全力以赴攀上去！

往上的每一小步都极其艰难！不！难的不只是每一小步，是每一次换手，每一次挪移脚步，都极其艰难，都必须在稳稳找好支撑的情况下，方能寻找下一个支点。

这时，守在山下的阿波也看出了他们的险境，那时既没有手机这种移动通信工具可以报警，更没有常备的紧急救援队伍可以迅速出动提供救援，阿波急得六神无主，如热锅上的蚂蚁在地上团团转。一些路过的山民见了他这样子，便走过来询问情况。虽然言语不通，但指指点点间，这些山民还是看到了悬在半山的三个人，不由得倒吸一口凉气。这时，山民越聚越多，看着小包他们三个人在半山腰寸步难行，不时摇头。一位年长的山民说，他活了这把年纪，从来没见过，也没听说过有人能从这个山脚攀爬到山顶，这些年轻人，太把自己的生命当儿戏了！

时间在揪人的气氛中的嗒的嗒地过去了半个多小时，悬崖上的攀登仍在持续地进行，小包他们又有了进展，从离地面50米攀爬到了80米高处。眼看离山顶更近一步，但三位年轻人消耗了太多的体能、精力，几乎同时出现了体能极限，只能趴在岩壁前不动，三个人的头顶上，袅袅升起腾腾热气，脸上的汗珠成串成串往下淌，根本无法擦拭，有些汗珠渗入眼眶，火辣辣地痛。他们大口大口地喘着粗气，双手双脚都处于严重的酸胀麻木中，几乎不再受中枢神经指挥，一种有劲使不上的绝望感觉，又一次开始从四肢向全身漫延，而随着体能极限的来临，力不从心的感觉像是一道指令，在命令自己松开手、松开脚！如果这时没有强大的精神支撑，仅凭身体机能的下意识行为，三个人都会像一片落叶，向山下坠去。

但是，这个时候求生的力量、友谊的力量，一齐涌上他们的心头。这些力量在他们内心交织，迸发。他们这么年轻，好的年华刚刚开始，绝不能就这样死了，为自己，为亲人，也为朋友们！

大恒想：我如果就这样死了，我就拖累了朋友，这样窝囊地死去，他坚决不干！

小包和为民也是，都觉得活着虽然看不到希望，死亡更不能接受，为自己，为亲人，为不连累朋友，让朋友背上恶名活一辈子，怎么着也得攀到山顶，活下去！

他们虽然无力发声，用声音来相互鼓励，但各人粗大的喘息声，就是明确的信号，就是相互在鼓励，坚持，再坚持，坚持到山顶，坚持到胜利！

度过最为危险的体能极限后，活力又回到他们的身体，而信念益发强大，三个人一鼓作气，坚定沉着地向上攀登，十五米、十米、八米、七米，他们离山顶越来越近，原先若隐若现的峰顶已是近在咫尺。

就在这时，大恒"啊哟"一声惊呼，一块石头被他踩踏滚下山去，他脚底一空，身体随之一坠，好在双手仍牢牢嵌在石隙中，他用双手支撑住下坠的身体，双脚慢慢找到另一块突出的石块踩住，稳住了摇摇欲坠的身体。他的脸憋得通红，将手勾住石隙，右脚一个有力的蹬踏，一声大吼，飞身跃上了山顶。

接着，他躬着腰，将小包和为民一一拉上了山顶。这时他们才发现，他们的手指全都磨破了皮，渗出了血，现在压力一松，扎心地疼。但他们已顾不上这个疼了，他们早已执手相挽，紧紧地拥抱在一起。

他们从另一面下山后，与守候在山脚的阿波会合，一直在山下围观、牵挂着他们安危的山民们，这时也松了一口气，纷纷向他们竖起大拇指，然后三三两两地散去。

老包说："尽管这件事属偶然发生，但对我们四个人产生了巨大影响。从此，生活中再也没有事情可以压垮我们。比如这次牢狱之灾，我就硬生生扛着，特别看得开，把它当作人生的一个插曲，而不是什么过去不的坎……"

这是我在 203 监室听到的最好总结。

是呀，危机袭来时，如果避无可避，你还可以咬紧牙关，顶住！别说不行，更别说我已尽力，最后一口气一直贮在你丹田深处，关键时刻，只要你顶得住，它会在最后时刻迸发出来，转危为安。

溶洞探险

　　老包年轻时不经意间攀岩遇险，又凭意志毅力涉险过关的故事，听得我荡气回肠，一下勾起了我青年时代的一段记忆。

　　1980 年，与我老家毗邻的浙江桐庐县发现了一座当时称为中国最大的石灰岩溶洞，各级政府高度重视进行重点开发，采用当时国内罕见的声光电技术与天然溶洞实景浑然一体的设计，将景区打造成如梦如幻的仙境，并将此景区命名为"瑶琳仙境"。当时，旅游资源的开发极为有限，"瑶琳仙境"顿时成为名扬天下的热门景点，成千上万的游客蜂拥而来，整个景区每天都游人如织，络绎不绝，处于超饱和状态。

　　这年夏天，我们五位考上大学的同学都在家中休暑假，便相约游一回"瑶琳仙境"。没想到，从老家县城到"瑶琳仙境"的班车竟然二十分钟就有一班，而且都是满员发车，一路上，络绎不绝的几乎全是去瑶琳的旅游班车，景区内更是人声鼎沸，一片繁忙景象。

　　这个印象太深刻，回来后，没两天，同学"老弹虾"挥舞一张报纸，扯着大嗓门叫着嚷着跑到我家，激动地指着上面一则消息，要我好好看。

　　我接过报纸，上面说的是继邻县桐庐瑶琳发现特大型溶洞并成功开发成著名景点后，我们的老家富阳富春江畔的鹿山山脉也发现了类似溶洞，体量很可能超过"瑶琳仙境"大溶洞。

　　"老弹虾"戳着那则消息，激动地问："有想法吗？"

我一下没明白他的意思，问："什么想法？"

他把嗓门提高到位8度，说："乘现在没开发，我们组织几个人一起去，里里外外好好探险一把，多棒呀！"

就这么轻易一句话，一下就激发了我的荷尔蒙，马上应了一声："好！"

两人一合计，除了上次一起游瑶琳的阿健佰、袁大胖、宋小胖，决定再邀"阿波老娘"、"阿钢"和"旅行包"参加。

第二天，八个人凑在我家，经"老弹虾"乍乍乎乎一煽动，大家的荷尔蒙一起被点燃，一致表示：干！

接着，一个个又装出青年知识分子少年老成的样子，谋划了详细的行动方案——

时间定在一周后的星期天，上午八点整在恩波大桥头集中；备齐食品饮料；从县城到鹿山一带有十多里路，交通工具为自行车；原始深洞黑黝黝的，每人带一支大号手电筒。

"阿健佰"补充规定道："应该准备几支火把，不仅能照明，还能对山洞内可能存在的野兽有震慑作用。"讨论的结果是备四支火把。

"阿波老娘"说："进洞前可以先扔些炮仗进去，把野兽吓走。炮仗由我负责准备。"

他英明的建议博得一阵掌声。

"旅行包"说："'瑶琳仙境'里的洞很复杂，有分岔，如果迷失方向，进得去出不来就完蛋了，得做路标，一边进入一边投放，这样退出时就有路径了。"

又是一阵热烈掌声。

"老弹虾"补充说："既然是溶洞，里面肯定湿淋淋的，每人带上一双高帮雨靴，防水防蛇防八脚。"大家热烈赞同。

很见过一些世面的阿钢又说："山洞里结构复杂，应备二根长麻绳，以备万一。"

这计划，简直天衣无缝，太周密了。

"老弹虾"最后的叮嘱是要对家长保密，不然，哪位家长横插一杠子，一准泡汤。

一切按计划有条不紊地进行，进展顺利。在那个重要的星期天，我们一路打探，竟然真的找到那座掩映在山间的原始溶洞。

我们将自行车拢到一块，用铁链条锁在一起，带上备好的物品，来到山洞口。

虽然不确定这座洞是不是报上说的那座溶洞，但我们不管三七二十一，决定就探这个"险"。

"阿波老娘"和"袁大胖"先往洞里丢了两枚大炮仗，只听两声巨响，有烟雾从洞口慢慢溢出来，洞里并没有什么动静。

"阿波老娘"意犹未尽，又扔了四个进去，随着"噼噼啪啪"一阵爆响，里面更没有什么野兽冲出来，"阿钢"站到洞口，用手中的特大号手电筒朝洞里照了许久，回头说："这个洞似乎很大很空，没有路可以走下去，必须用绳索攀下去。"

我们在洞口附近找到一棵大树，将绳索一端牢牢固定在树干上，将另一端沿着洞壁扔了下去。

一切准备就绪，所有人的心开始激动和兴奋。

"老弹虾"将进入次序作了部署：

由他和"阿钢"两人打头阵，"旅行包"和"阿健佰"殿后，其余人在中间。人与人的间距保持在 1 米，殿后两人负责设置路标。火把先点燃两把，头和尾各执一把。

"阿钢"深吸口气，第一个拉紧绳索，面向洞壁，双腿蹬住洞壁，一脚一脚向下攀去，"老弹虾"赶紧跟住，他自己单手攀行，另一只手执着火把给打头阵的"阿钢"照明。

洞壁很陡，几乎呈直上直下的姿态。凭着火把仅有的一点亮度，经过大约三四分钟的攀行，八个人全部站在洞底。

洞里静极了，充满神秘的味道，温度特低，让身装短衣短裤的我们齐齐打了个寒战。

洞里满是积水，大家站在浅浅的水层里，八个人的手电筒全部打开，观察了好一阵，对此洞有了大致判断——

这个洞大约 20 米高，洞顶上模模糊糊看不清景象，只见到一堆堆的乱石，大大小小，乱七八糟地横躺直卧。与我们想象的瑰丽神奇的溶洞相距十万八千里。

"老弹虾"安排两人一组，开始在洞里自由探索。

我和"阿健佰"分在一组，在手电筒微弱的光照指引下，我俩爬过了一个又一个乱石堆，倒也兴趣盎然。爬行一阵，我们决定沿洞壁搜寻，看有没有洞套洞的奇观。

我俩确定方位，从右至左开始顺壁搜索，在摸行十多米后，"阿健佰"叫道："快来！我这边发现一个洞口！"

我闻声上前，用手电筒一照，前面果真有一个阴森森的洞口，用手电向内照射，只见到有一通道延伸而入，看不清里面有什么。

我大声叫道："兄弟们，我们这里发现了一个洞口。"

左边的"小胖"也瓮声瓮气地叫了起来："我们这边也发现了一个！"

连续发现洞中洞，大伙蓦然间振奋起来。

"阿钢"说："两边的洞先进一个人去简单侦察一下，视看到的情况再决定入哪个洞，这边的洞我先进入。"

那边"小胖"回应："好！那边的洞我进去！"

"阿钢"卸下身上的行包，接过"老弹虾"手中的火把，稍一垫脚向上一跃，便攀身进入洞口，外面的人趴在洞口为他打着手电筒。只见"阿钢"躬身蹲下，开始一步步地移了进去。他小心翼翼，一会用火把，一会儿又用手电筒，观察清晰后才移步前行。

如此小心地行进了十米左右，"阿钢"停下来，蹲身回转方向，开始退回。不一会，"阿钢"从洞口跳下，稍喘了口气，说："里面应该是一个很大的洞穴，似乎有好多石景，比外面的这个洞要复杂精彩得多，值得我们进去探索。"

不一会，那边"小胖"的声音传了过来："我这边的洞很深，前段的通道口很大，但后面的愈来愈小，必须匍匐才能往前走。"

这边我们几个人商议了一下，朝那边喊道："小胖，你们那洞放弃，沿着这边移过来，顺便搜寻有没有更好的洞。"

"小胖"应声"好"。

"阿钢"又说："我们这边也不要闲着，我和阿健佰从另一边再摸一下。其他人原地休息，不要走开。"

原地待命的人员关闭了手中的手电筒，只见几束蠕动的光束在若大的洞穴中摇晃，一股寒意又一次让人打出了冷颤。

大约十多分钟后，两边搜寻的队伍会合到了一起，经交流，左右两边各自又发现了三个洞，有一个洞口与这里的洞口类似，其他的似乎没有探险的价值。

于是，下一步的行动方案很快确定，就攀阿钢第一次进去的那个洞。

"老弹虾"说："现在是中午十二时，我们先解决肚子问题"。

听他一说，大家这才纷纷觉得肚子咕咕直叫，已是饥肠辘辘。

饱餐一顿后，我们按顺序鱼贯而入，没几分钟，我们进到另一个山洞里。

这里更加幽深阴晦，比第一个洞更高更深，钟乳石从洞顶垂挂下来，地面上林林总总的尽是些乱石、怪石，还有"滴答滴答"的滴水声和涓涓流水的声音。

经商议，决定在入洞口由"旅行包""阿健佰"放置好路标，然后两人一组在洞里分头活动。

大伙分头散开。

这次我和"阿波老娘"在一组，一路艰难前行，几乎是在乱石堆中攀上落下手脚并用地爬行，一会儿便气喘吁吁，冒出了冷汗。但里面的确有异常丰富的钟乳石，形状各异，千姿百态，我们都深深地为之震撼。

在不断的摸寻爬行中，又陆陆续续地发现了洞中洞，这些洞口或高或低，或大或小，镶嵌在黑黝黝的石壁上，发现了洞穴的人一一作好记号，留下标记。

二十分钟后，我们又一次集中，虽然每个人均气喘吁吁，但神情相当亢奋。

经商议，"阿钢""老弹虾"和"小胖"对新发现的洞穴作一筛选，留下的五位同学就近找个地方，三三二二坐下来休息。

不一会，前去探竟的三位回来，选了一个洞穴继续探险。我们兴致勃勃进入这个洞穴，与前面的相比，这个洞异曲同工，景观并没有太多变化，比之前有更多长长短短、粗粗细细的钟乳石悬挂着，大家纷纷把注意力集中到头顶的钟乳石上。在怪石堆上攀上跳跃，遇到特别怪异的钟乳石，会招呼旁边的小伙伴一齐过来观看，玩得不亦乐乎。

约摸半个来小时，大伙又集中到一起，虽然浑身疲惫，但个个兴奋不已，大家觉得今天真是难忘的一天，这一趟探险太值了！我们收拾好行包，纷纷站起来，准备出洞，回家。

"阿钢"扯着嗓子对"旅行包"喊道："'旅行包'把路标找出来，你带队，我们跟着你走。"

谁也没有料到，这时的"旅行包"和"阿健佰"竟呆呆地怔在那儿，一动不动。

一个不祥的念头闪过所有人的脑海：难道这两人找不到路标？

在众人沉默的注视下，两人嗫嚅道："方才进洞时，因为顺利、高兴，忘记放置路标了，散开在这黑乎乎的洞里爬了半天，弄不清洞口在什么方位，我俩都迷糊了。"

此话自他俩口中一出，每个人的心头都像被重重砸了一拳，身上的汗毛全都竖了起来。

谁也不敢在这样的地方迷路，如果被困在这个叫天天不应、叫地地不灵的黑暗世界里，迷失在这里，找不到出路，不是饿死，就是被急死。绝无生还可能！

绝不能让绝望的情绪蔓延！我拉了"阿钢""老弹虾""小胖"去到巨石一隅，四人蹲在一起，紧张地商议起来。

我说："现在需要冷静，不可乱了方寸。现在只能由我们四人沿洞壁去寻找出去的洞口，其他人待命不动。"

"阿钢"说："做好困难准备，火把先点一支，手电筒尽量关闭，节省着用，凡探过的路上一定放置路标"。

"老弹虾"接着说："我们四人在找到可能洞口时，只能进入三人，外面必须留守一人，且进入的三人要同进同出，不可分开。"

半晌未作声的"小胖"开口说："现在情况较为复杂，一个洞套着五六个甚至更多的洞中洞，弄不好误入其他的洞系中，会像陷入迷宫一样绕不出来。一旦发现不对，首先要保证先退回到这个洞来，这个洞口作为基点很重要，留守一个人确实非常有必要。"

商议完方案，我们的手紧紧握在一起，大家都在心里默默地鼓劲，加油。一股暖流强烈地注入我的内心，友谊和信任，让我们紧密地联在一起。

"阿钢"回到场地，对另外四位同学说明了方案，得到他们的支持。"旅行包"闷着头，从包里掏出路标交给"阿钢"，"阿钢"顺手又递给了"小胖"。

我笑着拍了怕垂头丧气的"旅行包"，说："没事的，有这么多聪明人在，还怕找不到回去的路？放一百个心好了！"

"旅行包"反手握住我按在他肩膀上的手，一种生死相依的兄弟情，电一般从手掌传到了内心。

沿洞壁的排查进行了二十多分钟，我们一致排除三个洞口，留下三个疑似洞口，在这三个洞口处小胖留下了标记。

第一个洞穴先由"阿钢""老弹虾""小胖"三人进入，我被留在洞口接应，心情却毫不轻松，默默祈祷兄弟们顺利完成摸排。

他们进去好像很久了，我听不到一点声息，终于揿不住，向洞里狂喊："阿钢，听见没，回个声呀？"

除了"嗡嗡"的回声，没有任何动静，我一下子冲过通道，在洞口的那端声嘶力竭地喊："小胖，你们在哪儿，回答一声！"

终于，不一会传过来"老弹虾"微弱的声音："阿少，别担心，我们在另一个通道里，马上就回来了。"

听到他们的声音，我揪着的心一下松弛下来，退回洞口安静地等待。

时间在焦急的等待中又过去了十五分钟，终于听到他们走来的声音，我连忙打开手电筒，向通道口照去。

不一会儿，三人猫着腰回到洞口，我紧张地问："怎么样？找到出口没？"

"阿钢"喘着粗气说："这个洞不像是我们过来的洞。"

"小胖"接口说："我们抓紧时间，去第二个洞口。"

没有丝毫拖沓，我们又来到放有标记的第二个洞口，我奋力争进，却被他们三人齐齐拦住，"阿钢"说："阿少，我们三个人有默契了，你还是继续守洞口。"

我只能看着他们摸进了第二个洞穴。

这一次我心定了许多，他们在这个洞待的时间更久，我几次移过通道到那边观望，见到他们蹒跚移动的身影，观察得非常仔细。

他们在我忐忑的等待中爬了回来，"老弹虾"轻声说："这个洞有点像，但不能完全确定。" 接着，他又提醒我，"这个洞口记号要做得明显一些。"

我点点头，特地搬来石块垒起来。

最后一处洞穴仍是由我留守。有了前二次摸排的经验，这一次快了许多，大约十分钟，他们便回到洞口，"老弹虾"说："我们认为第二个洞穴可能性最大，但这第三个洞穴也不能完全放弃，万一我们从第二个洞口摸进来仍然找不到出口的话，还得再退回到这个洞穴来，从这第三个洞穴口想办法。"

我马上说："这个洞口我也放置了明显的标志，放心吧，错不了。"

我们退到第二个洞口，"老弹虾"晃动着手中的火把，扯着喉咙吼道："'旅行包'，你们几个到这边来！"

八个人又聚在一起。

"阿钢"解释了他们的分析，"老弹虾"接着交待："我们一起通过这个洞口进到前面的洞穴后，大家按老规矩，仍由我们四个人去摸排，其他人待在洞口不要动，万一我们找不到出去的洞口，还得从此洞退回到前面的洞穴去。"

大伙齐声说好，依次从洞口进入第二层洞穴中。

如果这个洞口爬错，我们也将陷入到另外的洞系中，依然找不到出路。这个时候的清醒冷静，实在太重要了。

经过新一轮摸查，我们确定了两个疑似洞口。又按前面的方式，由他们三个进洞排查，第一个洞穴的排查很快结束，三人均摇头说不是，剩下的洞穴排查就很简单了，只要爬过去，看不到有通向山外的洞口和外面照射进来的光线，那就证明我们前面做的都白干了，我们将退回第三层洞穴，重头再来。

最后的希望，就在眼前这个洞穴！

我的心如被重锤捶击的响鼓，"嗵嗵"直响。气氛陡然紧张，一双双冒出热火的眼睛紧紧盯在可能决定他们生死存亡的洞口上。沉重的呼吸声彼此可闻，紧攥的手心早已是一把把汗水。

终于，"老弹虾"在洞的那头以声嘶力竭的气势吼叫起来："找到出口了，我们找到出口了！"

这声音让我们留守的五个人喜极而泣。大家站起来，击掌拥抱，泪花不知不觉盈满了每个人的眼眶。

攀着留在洞口的绳索，我们很快便从这座溶洞爬了出来。看着空旷的山野和白晃晃刺眼的阳光，哇！我们觉得活着太好了！从鬼门关转了一圈又走回来，这样的经历实在太好了！

老包听完我的故事，不自觉陷入了沉思。他说："两个故事殊途同归，都是死里逃生，背后都有沉着、冷静和睿智，但最最重要的，是在危急关头，大家能够同生死，共患难，结成了同心协力的团队。人啊！涉危度险要靠兄弟，做其他任何事，何尝又不是呢？"

我赞同他的看法，说："只为自己活，再厉害也是枚独子。唯你中有我，我中有你，相互关照，同心协力，才是无往不利、无坚不摧！"

老包打"双抲"

　　春节一过，春天马上就来了。外面的世界万物复苏，万紫千红，到处是蓬发的生机，到处是洋溢的热情，人们三五成群，纷纷走出家门，尽情享受着最美季节的无上景致。

　　但这一切离 203 监室很遥远，远得我们连春天的气息都闻不到。

　　但在监室每天的自由活动这个时间段，我们可以做些看守所在其他时间段不允许做的事，这些能做的事，虽然也就是玩扑克、下象棋等有限的几种，但这是可以由我们自己决定和安排的活动，对我们来说，真是极其珍贵。

　　我们自己的安排，倒也别开生面。那就是，打"双抲"！

　　打牌先得有牌桌。

　　203 的人有办法。我们用两只塑料水桶叠套在一起，上面再放一只脸盆增加高度，脸盆上再铺条毛巾防滑，最后上面搁一张从储物箱移过来的方形面板，一张有模有样的牌桌就成形了，高矮适中。

　　打"双抲"最起劲的是老包，水平最差的，也是老包。

　　老包这个人，行医时做到了主任医师，玩文艺写得一手不凡的现代派诗歌，连喝咖啡都喝到了"达人"级，聪明是不必说的，唯有"双抲"，以前没玩过，现在玩起来，也是搭三不搭四，搭七不搭八，横冲直撞，再好的一手牌，也能被他打得七零八落。所以他总是很难找到搭子。但每天自由活动的时间一到，老包总是第一个把屁股一挪，抢先占领牌桌的第一个位置。尽管此时他刚吃完碗里最后一口饭，连嘴角都没顾得擦。

不知哪位高人考证，"双抲"发源于杭州，"抲"是杭州土话，杭州人把被抓住称为"抲牢"，由此说来还真能对得上。有人竟然因此称杭州为"双抲之乡"，真是不怕辱没了杭州这样一个历史名城、创新热土。但话说回来，"双抲"的确是盛行于杭州的一种扑克游戏。最为流行的时候，在杭州的大街小巷、茶馆棋室、民宿旅舍甚至于黄昏小店小摊之处，每每可见。有一家民生电视频道，竟然举办了民间"双抲"大赛，收视率倒也不低。这种游戏后来也就从杭州四处扩散，一时风靡浙江城乡。

正因为"双抲"是浙江十分普及的民间游戏，203 监室热衷于它，也许是想在自由活动的时间里，能沾染一点点外面自由世界的烟火气吧。

"双抲"规则十分简单，用两副扑克，四人参与，两两搭档，一方的牌出完了，把对方的牌截在手中（简称抲牢），就是赢家。只抲牢对方一位叫单抲，将对方二人都抲牢，就是双抲了。游戏也由此得名。

"双抲"需要两人搭档配合，108 张扑克牌随意组合，自然生出无穷的变化和招数，在进行中，要不断根据牌面的变化，结合自己手中的牌，分析猜测"搭子"和对手手中的牌，迅速采取正确的对策。搭子如果能配合默契，相互呼应、掩护，就能顺利出尽，如果配合不默契，甚至相互干扰，再好的牌也可能被对方"抲"住。当然，除了牌面的分析掌控，还有很多小把戏小技巧能玩出花头，比如"搭子"的一个眼神，一个似动未动的小手势，你只要心领神会，就能打出"搭子"想要的好牌，通过巧妙的接应，获得胜利。

"双坷"菜鸟老包水平差，热情高，每次颤巍巍地连 27 张牌都抓不稳，而且牌在手上的排列太有次序，对方稍作观察就能猜到他手上牌的大小。这种菜鸟级选手在变幻莫测、风云诡异的"双坷"江湖，自然是吃够了 203 室"双坷"练家子们的欺凌和算计。但老包就算是被揍成一头包，依然不动声色、不为所动，气度从容地干病抓老方，屡败屡战。

尽管他在"双坷"江湖气度大，勇敢又从容，但跟他做"搭子"，实在是一件很痛苦的事。别人不肯干，只好我上了。我虽然来自杭州，但不擅此道，不过在平时耳濡目染，多多少少知道一些察颜观色、推己及人的牌技要领，什么逢五不出单，逢六不出双，炸七不炸八等等，也能略知一二，再加上有一副在牌场上"生死看淡、不服就干"的大心脏，对一两局的输赢，倒也不是很放在心上。所以老包对我这样的"搭子"，真是给予了无上的欢迎和赞赏。只要我跟他成了"搭子"，那就只有他夸赞我的份，而我，则可以一脸肃然地批评、指点和教育他牌技上方方面面不一而足破绽百出的各种问题了。

能对在 203 担任质监，得到 203 监室一致尊重的老包这样指手画脚，那真叫一个快活啊！

虽然我们屡战屡败，经常惨遭蹂躏，但我们总是输牌不输人，输了个精光依旧大旗不倒，气派十足。对手及一干围观者在哈哈大笑很是开心快活一番后，对我们也拿不出更多的办法来！

这天，我、老包、老张、小毛等四人在牌桌前激战，周边一圈也围着六七人不怕事大看热闹的，不断在一旁出声，或参谋，或指点，或是大声喝彩。以前，他们参谋指点的往往是我和老包，给大声喝彩的往往是我们的对手，但今天却恰好翻了个儿，老包福至心灵，小宇宙全开，经常打出出人意表的神牌，更神奇的是，他今天的手气出奇地好，连连抓得大牌、炸弹，牌路也顺，逢单要么连成顺子，要么上得大王，真有逢山开路、遇水搭桥，完全是锐不可当、摧枯拉朽之势，直炸得对手鬼哭狼嚎、节节败退。我也顺风蹭车，携手共进，一起牢牢把控着牌局，酣畅淋漓地享受着一局又一局的胜利。

又一局牌出来，老包依旧威风八面，面对对手一副到顶的大顺子，他高扬右手，掼出一副炸弹，正要以雷霆之势甩出时，"咣当"一声，203 监室紧闭的铁门哗啦啦被移开，一声"报告"在笼口响起，监舍的人都转过头去，老包高举的右手也停在空中。

大伙都知道，这是有"兵"来了。

往常这个时候，老包会临时中止自由活动时间，配合警察接应新来者。但今天，可能是火太好，手太顺，老包竟然没有终止自由活动时间，只是临时停下来，看着警察打开嫌疑犯的手铐，看着他步入监舍，走到自己的位置，警察完成这个工作离开后，老包这次完全顾不上与新来的说话，又一次高高举起右手，猛地往下一掼，恶狠狠地喊道："炸！"

这一炸炸瘫了对手，又一次为我们赢得了胜利。

老包瞄了眼墙上，见时间还有，手一挥又继续"抲"上了。

这一局有点棋逢对手的意思，对方的牌也很硬，打到关键处，对方掼出一个 7 张牌的大炸弹，晃着手上孤零零的一张牌，一副坐稳"上游"的得意样，"嘿嘿"直乐。

好一个老包，又是一声猛喝："慢！"，手一挥，打出了 8 张"Q"连起的超级大炸弹，还忘不了配上个气壮山河的："炸！"

这一炸，真是炸出了气势，也炸出了效果。直接将对手的孤张闷在手里，我们你一对我一对地来来往往，嘻嘻哈哈一口气出完了两人手里的牌，完美地"双拘"了对手。

兴奋不已的老包举手扭胯，打出代表胜利的剪刀手，四周观战的观众们，跟着发出啧啧称奇的喝彩声。

就在这时，监舍内的警报器"嘟嘟"地响了，一个半小时的自由活动时间结束。晚上七点，必须清点人数。大家三下五除二麻利地拆除牌桌，依次按号位排好队，迎接值班警察前来清点。

203 监室又恢复到依法严格管理的常态。

奖品

这个酷热盛夏的星期三令人难忘。

九点不到，小庆装出一副不经意的样子，往笼门外望了一望，然后回过头来，过了半晌，他终于说了句："好像是一筐梨！"

大家都看着他："好像"是什么意思？

我想，小庆说的"好像"有以下可能：一、首先不肯定一定是梨，有可能是其他水果；二、是一筐，不是一只，也不是几筐。但这一筐是不是给 203 的？不确定。

为了弄明白，我也不由自主地往外伸头一望，嗯！有一筐水果的确放在离 203 监舍笼门不远处，每个水果均用一张厚厚的牛皮纸包裹着，十分像梨，但个头比平常见过的梨要大上许多。

跟着很多头都往外探。看完，大家都同意了小庆的"好像"，看着他们一个个不停抽蓄鼻子的动作分析，他们都已经嗅到了水果的芬香。

紧跟着的问题是：这筐"好像是梨"的水果，是不是奖给203 监室的？前两天，203 监室不小心被扣掉两分，不可能连续获得"周文明监舍"了，这让所有的人心里都捏了一把汗！

而这筐"好像是梨"的水果真真切切、实实在在地摆放在我们笼门口，仅一尺之遥，似乎唾手可得，但我们都担心它遥不可及，难免忧心于怀啊！如果你想问是不是有人正"垂涎三尺"，我将不得不告诉你，"垂涎三尺"的人不是一个两个，而是个个皆是！

不就是一筐"好像是梨"的水果吗？至于吗？

　　想想那些自由自在的日子，多少次多么高档、可口的水果堆在眼前，都可以视而不见，多少次贤妻以强行命令的方式，把削好的水果送到嘴巴边上，才勉为其难地给她面子，"为她"才吃了下去。

　　但此刻完全不同。不要说 203 监室全体人员半年多没有闻到水果味儿，更别说尝到什么水果了。更重要的，它应该是 203 监室全体人员，在老包的率领下，全体出动，同心同力，百折不挠、事无巨细，共同奋战一个星期的成果，它是我们的共同奖品！

　　看守所为了鼓励被羁押人遵纪守法，开展了评比文明监舍的活动。

　　看守所看管着一群特殊的人，这群人失去自由，被羁押在看守所监舍，从严格意义上说，他们未被法院判定有罪前，仍然只是"犯罪嫌疑人"，只是在被司法机关鉴定是否犯罪的过程中，既要强制监管又要保护他们的公民权益。看守所有一套自上而下，从内到外的十分严格的操作流程和规范，但还得体现对被羁押人的人性化管理，感化、激发被羁押人积极配合管理，于是，看守所推出了"周文明监舍""周较差监舍"的评比，每周由值班民警根据视频监控、现场巡视的情况，对各个监舍遵章守纪情况进行打分，每周一上午对上周各个监舍的实际情况进行综合考评，由所务会议评出上周的"周文明监舍"和"周较差监舍"，每项评一到三名。

　　评上"周文明监舍"的，可获得以下奖励：

　　1. 适当加大本周食品的订购量；

　　2. 在星期三（偶尔星期四）奖"文明菜"或"文明瓜"。

　　如果评上"周较差监舍"，整个监舍将会取消下周的食品订购资格。

奖品"文明菜"，是每人一小碗梅干菜烧肉或酱烧肉。到了夏季，奖品则由"文明菜"改为"文明瓜"，奖励西瓜或其他当令水果，如果是西瓜，一监舍共奖6只，其他水果则一般每人两只。

对于久不闻肉味、更不尝水果味的人来说，这样的奖励，实在是太刺激了。L市看守所共有20个监室，每周获评的监舍只有一到三个，僧多粥少，可见竞争之激烈了！

要获得这样的奖励，绝不是一件轻易的事，整个监舍的人员必须齐心协力，遵章守法，不能有任何违章行为。如果是生产笼，还得加倍努力地干活，不能有丝毫懈怠。

203监室能获得"周文明监舍"，是大家共同的荣誉。

面对摆在门口，似乎是，又有可能不是的监舍奖品，我们一起眼巴巴地盼着哪位好心的所长赶紧来宣布颁奖！

可是迟迟没人来，一直到了放风时间也没有。

今天放风的状态注定不好，大家的心思全被那筐"好像是梨"的水果牵扯了。无精打采直至放风结束，回到监舍，依然没有哪位所长现身。面对门口无法确定归宿的水果，实在是挠心呀！

终于，我们等到了看守所唐所长朝我们走来，他迈着不温不火的步伐，面带微笑，不紧不慢地打开了笼门，刹那间，203监室十多双爆射着精芒的目光丝毫不差地紧随着他的动作。终于，唐所长满是温和地对我们说："过来两个人，把水果拿进去。"

他话音未落，两条身影便"嗖嗖"地蹿了出去。小庆年轻，蹿得飞快，我因离门近，也没比他慢多少。我们两人一用力，把那筐"好像是梨"的水果抬了进来。

老包稳稳当当站在笼门口，等着我和小庆进来，用手指了指笼板与墙形成的 90° 直角处，说："放在这里。"

唐所长交待说："总共 30 个，每人分两个！"他没有说今天为什么会奖励我们，更没提到上周我们被扣掉两分失去"文明监舍"称号后，竟然还是给我们发了奖励，他只是关照大家注意纪律、注意卫生、注意身体，然后转身离去了。

谁也不敢问我们失去"文明监舍"称号后为什么还能得到奖励，更怕唐所长转过身来说，不好意思，发错了。所以，唐所长的脚刚离开笼门，老包便说："我们点一下个数。"虽然他的语气依旧沉稳，但他的动作和我一样飞快，眨眼间，我们便点出水果不多不少，正好 30 个！

老包马上接着说："大家过来领，每人两个！"

只一小会儿，30 只水果被便分光。看来大家的想法非常一致，生怕唐所长回过头来说发错了，于是速战速决。

果然是梨！性急的"贵州"和"武义"拿到水果，马上扯去包装纸，用水洗了一下，就咧开大嘴咬了下去。顿时，一阵梨的香味和甜味便充溢在 203 监舍的各个角落。

但其他人还是咽下口水，忍住诱惑，将分得的梨收进了自己的笼板洞里，放在后面慢慢地消化，等待的滋味比一口咬下更美！

这道理，大家都懂。

我、老包和小庆三人不约而同在下午午休后吃梨，这是我生平吃到的最好的梨，他们也说是。

我这样说，并不因为很久以来没闻到梨味，它实在是真的好。

梨的个头硕大。尽管当下很多水果因为"膨胀素"的原因个儿长成了傻大，味道却干巴巴难以下咽，但它显然不是。撕开包装纸，看到它长得饱满圆润，浅黄的外衣下不掩晶莹剔透的本色。

这外观已让人爱不释手，捧在手里有一时下不了口的感觉。心动神摇之下，还是裂开大嘴一口咬了下去，顿时，一股饱满的梨汁充盈口腔，甜、香、鲜、醇都有，恨不得用上所有称颂水果美味的词汇。梨肉白皙细嫩，细腻得没有任何渣渣，入口即化。

我们仨都是连皮一块啃下去的，一点也不咯口。

"真好吃！"我们仨异口同声地说。

这享受实在太美，我们细嚼慢咽，用了整整 5 分钟才吃完一只梨。满嘴留香，一种不可言喻的惬意和满足顿时弥漫全身。

这样的畅快足以让我终生难忘。也许，这样的享受，对绝大多数在自由天地享受正常生活的人来说，只是一种再平凡不过、根本不值一提的"小乐胃"，但对羁押于 203 监舍，只能在方寸天地得过且过的我们来说，却是极大的满足和享受。

自由有多珍贵？

一只梨能告诉你！

健身

"一、二、三……" 203 监舍放风场里响起了整齐划一的口号声，一群人围成一圈。圈中"山东"在众人的吆喝声中，正趴在地上卖力地做着俯卧撑。

此时的我孤零零地倚在厚厚的墙壁上，冷冷地望着这一圈亢奋的人。偶尔瞥一眼正一上一下涨红了脸的"山东"。"山东"是典型的北方大汉，体型硕大、壮实。看得出来体重九十公斤的他，在做完了十个俯卧撑后已显得力不从心了，不仅动作变形，脸都开始因为乏力而变得狰狞。

上午九点，太阳已经可以透过顶部的铁栅杆斜射着照进了放风场。时已冬季，难得在寒冷的天气里有晒一晒阳光的机会。我自然选择倚在一边晒太阳。

老包正抿笑着，站在圈中。他用极为不屑的语气对着正趴在地上的"山东"说道："山东，你白长这么大个，你这姿势不对，腰不能塌着，身体要放平，下去一点。"

"山东"脸开始淌汗，他依老包之言，将腰收紧，身体放平，前身放低，下肢放低。但他即便使出吃奶的劲，却再也撑不起来了。在不由自主地哼出一声后，硕大的身体重重地砸在了地面上。随着他的着地，周边围着的众人"轰"地发出一阵怪叫，开始大笑起来。

老包俯下身去，一把把"山东"拎了起来，拍了拍他的后背，笑着说："真没有用，看我的。"

　　说完老包用力地做了几下扩胸伸展动作后，非常优雅地趴在了地上。

　　我一眼望过去，见得老包的姿势真的非常标准，身形笔直，一上一下非常有节奏感。很快围观的众人又开始一二三的数数了，很快数过了五十，老包仍然非常轻松地在上下翻飞着。我不由自主地被吸引了，心忖道："他好强大啊。"

　　不一会儿，数数声便来到了"80"，心里正想着动作丝毫不变形的老包过百应该不成问题的时候，老包却突然收手起身。他脸色稍显红润，在众人啧啧叫好声中身姿挺拔地站在了众人当中。

　　其实此时我已不知不觉地从墙边走到了人群中，我一脸崇拜地竖着大拇指对老包说道："包老师，真厉害，你一口气能做多少个？"

　　老包略微喘了口气，说道："冲一冲，120 个应该没问题。"

　　我倒吸了一口气，问道："你肯定练过的。"

　　"年轻的时候在大学里练的，工作后一直隔三差五地坚持锻炼。"老包答道。

　　"难怪你身材这么好。"我好生羡慕。

　　老包忽然拍了拍我的肩膀说道："汪老师，你来试一下。"

　　我连忙摇手，红着脸说道："我不行，做不了几个。"

　　"试一下吧，反正已在这里了，没有什么事可以做了，正好可以锻炼一下自己的身体。"老包微笑着盯着我说。

　　"汪老师，来一个！"旁边的"山东"不怀好意地怂恿道。

　　"来一个，来一个！"围观的众人忽而一下散开队形，将我围在了当中。老包坏笑着站在一旁，伸手示意。

　　拗不过众人的喧闹，我只能拉开架势趴在了地上。

　　"放平，屁股不许弓着！""山东"在旁边监督着。

　　显然多年没有锻炼过的病残身体根本就不能支撑我完成一个标准的俯卧撑。说实话，即便是屁股弓着，身形显反弓状，我拼尽全力，在勉强完成了五个动作后，便倒在了地上，周边响起了一片嘘声和嘲讽声。

　　老包笑着把我扶起来，说道："汪老师，你真的应该锻炼身体了。"

　　我大口喘着气，对他说道："老了老了，不中用了。"

　　老包摆摆手，字正腔圆地对我说道："汪老师，到了这里了，什么活也干不了，什么也不要去想，我们唯一能做的，就是把自己的身体锻炼好。如果身体弄好了，这何尝不是另外的一种收获，你在外面哪有那么充沛的时间让你可以用来锻炼身体？你想想是不是这个道理？"

　　他的一番话让我瞬间产生了强烈的共鸣，我想：对呀，在这里整天无所事事，就只会胡思乱想，日子这么难熬，如果真的有点事做了，能把自己的身体弄好，出去还可以做事，这对万分惦记自己的家人何尝不是一个很大的安慰！

　　于是，我转头诚恳地对老包说："包老师，你说的对，那你带带我。"

　　老包闻言大喜，他对着我说："好的，从明天起你就跟着我一起锻炼，你只需听我安排就好了。"

　　正聊得起劲，二楼巡监的警察扯着喉咙喊道："回监了！"

　　"排好队。"老包对着放风场的众人叫道。

　　"咔嚓"一声，楼上的警察在二楼抬起了门插，最前头的小庆一把拉开大铁门。排着队的人们便依次鱼贯而入。

　　回到监舍，略作休息，便各自按顺位，坐在小板凳上，看书的看书，沉思的沉思，相邻而坐的可以小声地聊天。

　　老包是 203 的质监，坐在前头的位置，我挨着他坐。老包坐下后，从笼洞里拿出一小张纸片和圆珠笔芯，趴在笼板上，竟一字一句地为我排起了每天的锻炼计划。

　　就一会儿，他把计划交给了我，我接过来一看，他排出的计划是这样的：

　　早晨 6:30-7:00（起床后）：原地跑步二十分钟，俯卧撑 10 个 / 组，2 组；

　　上午 9:30-10:30（放风场）：俯卧撑三十分钟，10 个 / 组，5 组；

　　下午 15:30-16:30（放风场）：俯卧撑三十分钟，10 个 / 组，5 组。

　　待我看完，老包摸了摸他的胡茬，认真地说：“汪老师，先按这样的节奏来，后面我会视情况逐步加码的。”

　　“嗯，听你的。”我点头应道。

　　“你只要能坚持下来，我保证你的身体状况会逐渐好转，我打算通过锻炼，把你吃的药减下来，甚至停掉。”

　　听到这我很兴奋，我是带着四高（高血压，高血糖，高血脂，高尿酸）走进 203 监舍的，为了抑制病情，家人每月送相应的药物到看守所，每天早中晚由看守所的医生发给我。

　　进监舍时，我的用药情况是这样的：

　　糖尿病：每天两次注射胰岛素，早晨 16 单位，晚上 20 单位；

　　高血压：每天早晨服用美卡素（替米沙坦）80mg；

　　高血脂：每天服用立普妥 10mg。

就这样，我在看守所这种特殊的环境中被老包带上了"健身之路"。

头一星期，对我这个毫无运动基础，年近 6 旬的人来讲，是极其艰难的。两天咬牙坚持下来，全身肌肉酸痛无比，可以用站也不是，坐也不是来形容，连正常的走路、起卧也困难。

老包看在眼里，这个浙江中医药大学科班出身的骨伤科副主任医师便会时不时地在晚上就寝时给我个特殊的待遇：全身按摩。

他会一边按着，一边告诉我说："没事的，头几天酸痛很正常，过几天就会好的。"

在老包言传身教的指导下，我渐渐适应了锻炼的强度。日子过得很快，一个月一晃就过去了，有一天我走进卫生间洗澡，突然发现自己的身体有了变化，原来凸起的小肚腩变平了，尤其是觉得原先已经下坠的胸都变得坚挺了，还似乎看到了一点突出的维度。

这个发现委实让我很激动，我一下子找到了兴奋点：这就是我要的东西！我一边冲洗着身体，一边大声地告诉自己：我一定要坚持下去，让自己以崭新的形象出去。

于是往后的日子过得渐渐有滋有味了，锻炼的强度在老包的指导下已升级为 30-50 个 / 组，我成了看守所上上下下都知道的"健身达人"。

这天刚完成了上午放风场的活动，回到监舍后老包很认真地对我说："汪老师，我觉得你可以开始减药了，首先我从专业的角度讲，你可以把降血脂的立普妥停了，看守所每天水上漂——白菜炖豆腐的伙食条件，加上你每天 300 个俯卧撑的运动量，血脂肯定不高了。"

我点了点头。

老包接着说道："血糖肯定也降下来了，为稳妥起见，你每次注射的胰岛素减少四个单位，减药一周后，我叫看守所的医生帮你测一下血糖。如果不变，继续减，直到把胰岛素针给完全减掉。"

老包是专业医生，他的话我听了很振奋，减药之路开始了。

老包是 L 市当地人，与看守所的医生打小是邻居，他俩熟，在老包的疏通下，医生终于同意在我减药一周后，为我测量血糖。果然如老包所言，一周后测出的空腹血糖仅为 6.0，正常。

继续减 4 单位，一周后继续测，空腹血糖能维持在 6.0 左右，不知不觉，经过几次减量后，老包无比坚定地对我说道："停止注射。"就这样开始锻炼了五个月后，我成功地将降血脂降血糖的药物全部停掉了。

而此时我已经完全迷上了锻炼，每天俯卧撑疯狂地做到了 500-700 个。其间还增加了深蹲，仰卧起坐等动作。

这不能不说是一个奇迹，朋友们看到这里应该明白：我现在一直坚持的健身习惯，是源于这段特别的苦难岁月。

然而并不是锻炼的过程都是一帆风顺的，有天晚上在看完了七点档的《新闻联播》后，坐在一旁的小许对我说："汪老师，你应该加大一点难度。"

"怎么加啊？"我不解地问道。

小许是个很健壮的人，他站起身，将身下的小凳放到铁门边，给我做了示范。

他将脚搁在凳子上，然后俯下身来开始做起俯卧撑，他一边做，一边告诉站在他旁边的我说："这样做难度会增加许多，效果自然会好很多。"

他示范几下后，起身让给了我，我按他的指点，也将脚搁在小凳上，手撑在地面上，人感觉有向下俯冲的感觉，果然上下的难度大大增加了。只觉得肩膀关节在"咔咔"响，胸部的炸裂感觉非常强烈。没几下，我觉得非常吃力，脸涨得通红。

老包在一旁看出我做的动作已非常困难，忙喊道："汪老师，不要硬来！"

说时迟那时快，老包话音刚落，正在向下俯冲的我，胸部的张力与拉伸感到了最大的瞬间，只觉得右胸一侧"咔"的一声，明显感到右胸拉伤了。我赶紧从凳子上下来，边揉着右胸，边苦笑着对老包说道："包老师，不好了，这里受伤了。"

老包带着些许的恼怒，摇着头对我说："汪老师，不能这样急功近利，量力而行就好。这不一硬来，受伤了不是？"他走到我身边，熟练地利用他的专业医术，小心地在我受伤处推拿按摩。

不一会儿，晚上就寝的警铃响了，我忍住伤痛，费力地用左手撑着上了笼板，右胸的疼痛感慢慢地加大了，从一点开始扩散到整个胸部。

老包见状，停止了每天上笼板后雷打不动的一个小时打坐，他移到我的旁边，说道："这几天你不要动了，要先养伤，不过你也不用担心，治这个拉伤我是专业的，明天我会向这里的医生要几种药，保证你药到病除。"

听了他的话，我安心多了，毕竟骨伤科专业是老包几十年的专长。

第2天，老包果然通过医生搞来了两片白色的小药片，吩咐我马上服下。他说："我这种疗法，最好是三种药组成，包治百痛。跌打损伤，肩周炎，甚至痛风，只要服下这三种药，马上见效，效果很灵光的。看守所药品有限，只有这两种，效果应该也不差，你服用一天后，估计就不痛了。"

我将信将疑地吞下了药片，心中甚为忐忑，既恼火昨天自己的莽撞，又为自己的伤痛担忧。早晨起床后，伤痛其实进一步在加大，连吞咽时都会引起右胸的痛感，偶尔有咳嗽，更感到右胸有强烈的疼痛。

令人欣慰的是，老包果然是神医，在服药两天后，右胸的痛感消失了。我由衷地对这位患难好友大为佩服。

我问道："包老师，这究竟是什么疗法？"

老包见我问到了他的专业，自然兴趣来了，缓缓说道："从专业的角度讲，这是一种通过药物调动人体本身的机能来减轻患者痛苦的疗法。比如肩周炎，很多人到许多大医院，服用过很多药物，都得不到有效的治疗，而到我这里，用小小的三片药物就能解除他们的痛苦。这是我用多年的临床治疗经验摸索出来的，专业地讲，就是无菌性炎症的治疗。"

当然在老包的叙说中，他是告诉了我这三种药物的具体通用名，我本人从事医药行业很多年，多少也悟出了他所说疗法的原理，在这里为了尊重老包的知识产权，我不把药物名称公布出来。

大约休息了一周以后，我感觉已经康复，终于按耐不住蠢蠢欲动的心，尝试着做了几下俯卧撑，结果胸部的疼痛感又冒出来了，并且奇怪的是，疼痛感有时会从右胸转到左胸一侧，老包见状立刻说道："停下来，彻底恢复后再开始。"

他同时用通俗易懂的语言回答了我问的为什么痛感会转移的问题，他说："这是一股伤气，有时会转移的。"

在安静地休息了整整二十天后，我在老包的监督下，慢慢逐步加量恢复到了每天 500 个俯卧撑的锻炼强度。

这样的锻炼一直坚持着，直到我走出看守所。

回归后，我依然保持了锻炼的习惯，只不过将健身场所改到了健身房，并有了更专业的私教。

我现在每天坚持走路上下班（单程一小时），每周至少 3 次去健身房"撸铁"！

我告诉自己，人可以经历各种磨难，但绝不能倒下。

我也希望通过这篇文章告诉大家，愈是逆境，你可以做的其实更多，失之东隅，收之桑榆。

我的目标是：成为 60 岁的人中最成功的健身达人，拥有最优美的体型，为国家健康工作六十年！

不寻常的生日

8 月 14 日是我的生日，我 58 岁的生日，要在 L 市看守所 203 监室过了。

每个人都有自己的生日，但不是每个人都会记得自己的生日，我便是其中之一。我出生在 1961 年，兄妹四人，父母微薄的工资能养育我们成长已是不易，从来没有为谁去过生日。后来生活条件好转，生日逐渐被重视，而老家有"三十不做，四十不发"的说法，于是，我也在 29 岁那年，遍邀亲朋，过了一回大生。

即使过了生日，但对庆祝生日，脑子里实在没有概念，更是认识不到生日在日常生活甚至人生的重要意义。因为从小形成的思维定式，生日就是个平常的日子，与其他日子没有任何不同。

这样的认识，马上就让我出了洋相，还差点摔了跟头。

我刚认识太太时，已经是 35 岁的未婚大龄青年，开始对婚姻的事很上心，而她正值芳华，知识、谈吐、气质都出类拔萃，实属难得的佳偶，甚得我心，又蒙她不弃，我们很快情投意合，两情相悦，陷入热恋之中。

这天傍晚，我突然想起第二天是她的生日，而我竟然丝毫未做准备，自责之余，不免手忙脚乱。我是从来不关心自己生日的，但她的生日我可不能不关心，但怎么关心呢？我想，不就生日嘛，让她开心开心，高兴高兴，足矣！唯独没有想到，她是一个具有浪漫情怀、讲究生活品位的文艺女青年。

我摸着脑袋想啊想，终于灵机一动，灵感乍现，好点子出来了！于是，马上给她电话，约她马上在城里最大的商场门口见面。

她以为出了什么事，急匆匆地赶来了，脸上的汗珠都顾不得擦拭，便问："这么急约我来，有什么事吗？"

我很是为自己的好点子得意，挺着胸，豪情满怀，响亮地对她说："明天是你的生日，为了庆祝你的生日，请你在这个商场挑一件称心如意的商品，我买来作为你的生日礼物！"

本以为这个点子会赢得她的满心欢喜，谁知她听我这一说，脸色顿时一沉，狠狠地白了我一眼，说："你什么意思？"掉转身就走了，把我一个人晾在夜色降临的大街上。

我一下愣了：好不容易想出来的好点子，怎么会是这样的效果？我做错了吗？

已经来不及细想哪里做错了，现在最要紧的，是怎么采取果断措施，赶紧弥补我的错误，不然，后果堪忧！

我想啊想，想出一脑门子的大汗，也没想出什么好办法来。因为从我的角度，我就是想掏心掏肺地对她好，就是想方设法为了让她高兴呀，为什么她反而不高兴呢？我成了百思不得"姐"了。

后来，我分析她走时的神态，那是一种觉得受了侮辱、不被尊重的神态。我渐渐有些明白了：我这样的大龄未婚青年，事业无成，她愿意跟我好，绝对不是为了物质和金钱，而我，却以为一件商品就能让她心满意足，还要她自己挑，这不是在暗示她是"拜金主义"吗？难怪她会那么生气！

哎！看我这没有艺术细胞没有浪漫气质的脑子！

现在送她礼物是万万不可的。那就选一件最不与金钱沾边的东西吧。

我看到边上有一家花店还没打烊，便进去买了一枝盛开的玫瑰。为了表明与金钱无关，只买了一枝。

我来到她居住的富春江边改作茶室的轮渡船上，想着她刚才生气的样子，不敢贸然上船去见她，把玫瑰藏在口袋里，在岸边不停地徘徊，满心想着她能从船上下来，给我一个"巧遇"的机会。

谢天谢地，也不知过了多久，经营船上茶餐厅的经理（太太的闺密）上岸，看到了在夜幕中徘徊的我，连忙把她叫了出来。她看到满头大汗的我，不再生气，还露出了莞尔一笑。她这一笑鼓励了我，我抖抖索索从口袋掏出那枝玫瑰，双手捧起送到她跟前，说："祝你生日快乐！"

天啦，这枝玫瑰在我口袋里时间过久，早被揉搓得不成样子了，但她还是很认真地接过来，又冲我莞尔一笑，说："谢谢！"

多少年后，"瘪嗒嗒"成了我家专门用来对付我的专有名词，指的就是那朵瘪嗒嗒的玫瑰花。

后来，我下海创业，做得顺风顺水，一不小心竟成为行业名人，亮相于各种场合，获得各种荣誉，企业也越做越大，为了增加企业凝聚力，把给员工举办生日宴作为激励员工的一种手段，经常为员工庆祝生日，公司的同事也经常惦记着我的生日，每年都为我庆祝生日。后来，公司管理层干脆将公司股份制改造的登记日期设在 8 月 14 日，从此，公司每年举办的公司周年庆典，同时也捎带着把我的生日庆贺一并做了，一举两得。

在家里，每个人的生日都是家庭最为幸福和温暖的时光。有一年，在太太生日前一天，儿子特意打电话提醒我，他妈妈的生日快到了，别忘了送"瘪嗒嗒"，当时我有事一时抽不出身，当即叫办公室委托花店第二天一早送一大束鲜花至我家里，次日我下班回家，开门迎面看到的便是桌上一大捧插在水瓶的鲜花，鲜艳欲滴，热烈又奔放，把整个家都映得发亮了。太太和儿子闻声迎出来，笑语嫣然，其乐融融的场景，现在想来，依旧幸福满满地充溢在心间。

行文至此，再次激发了我对妻儿的强烈思念。我在心里一遍又一遍地喊着他们的名字，想着我们在一起欢乐无边的每一个细节，我忍不住再次泪洒衣襟，在心里默默祷念：虽然今天我与你们隔山隔水，不能共享天伦之乐，但我的心早已飞到你们的身边，磨难让我深刻认识了家的珍贵，更让我倍加珍惜与家人共处的时光。等着我，我会以充满热爱，更好、更强、更健康的样子回到你们身边，让我们的生活更美好，让我们的家庭更幸福。

我在 203 监室度过的这个生日，也让我突然明白生日对人生的意义。

有人说，生日是感恩日，因为它首先是母难日，母亲忍受着巨大的痛苦，将我们带到人世，我们首先要感谢的，是母亲的生育大恩。

这是一定的！同时，母亲生育我们，是要我们长大成人，所以，在每年我们降生的这个日子，的确需要一个仪式，这个仪式，并不仅仅是家人和亲朋相聚一堂，共享情怀和欢乐的时刻，它更是对自己的一个提醒。在这个日子里，除了需要爱，需要关怀，更需要自己及时和不断的总结和鼓励。不论是在幸福的时光，还是在灰暗的日子，是在意气风发的顺境，还是在意气消沉的逆境，它就是个充电的时刻，让你在反省和总结之后，可以能量满满地出发。正因如此，每个人的生日，不管它在哪里庆祝，都非常重要，而且不同寻常。

正当我用软软的圆珠笔芯，在从包装箱撕下的牛皮纸上写着这样的生日感言，看守所和蔼可亲的唐所长突然来到 203 监室，向我们宣布，203 监室荣获周文明监舍，奖品是 6 只圆滚滚的大西瓜。

对我来说，这个消息太及时，太重要了！它也是我的生日礼物啊！

落在看守所的生日，也是有意义的生日。

离开

2018 年 12 月 25 日早晨，伴随着"嘟嘟"的熟悉的警铃声，蜷缩在被窝里的人便三三两两地打着哈欠，伸着懒腰，极不情愿地被负责叠被的"山东"和"福建"催赶着下了笼板，排着队去后面的卫生间洗脸刷牙。

那是一个深冬的清晨，从监舍的窗户望出去，天空中弥漫着浓浓的晨雾。从铁门、铁窗的栅栏中灌注进来的寒风吹在刚从被窝钻出来的身体上，冷得刺骨。

老包瞅了瞅窗外的天色，喃喃自语道："今天可能要下雪了。"此时已起床正在监舍狭窄通道上原地跑步的我听到这一声"下雪"，不禁打了个寒颤。唉！这是入监后的第二个冬季了，这年复一年的日子该怎么过呀？在胡思乱想中，我机械地完成跑步，洗脸刷牙，排了队坐在笼板边，吃完每日不重样的萝卜干就米饭，不知不觉到了早上警官巡监的时刻。

"咔、咔"，刺耳的铁门移动声响起，面色祥和的唐所走入了 203 监所。

他迈着不紧不慢的步子做完了日常巡查的各项工作后，走到了我的身边，我赶紧起身将"监舍日记"送给他检查签字。

唐所翻完日志，签完字，将日志交还于我，此时我突然感受到唐所的目光中有些异样，似乎想和我说什么，却又欲言又止了。

唐所看了我许多眼，终于没说什么，摆了摆手，转身离开了监舍。

　　他的举动让我顿时陷入了忐忑的境地。我纳闷地暗自琢磨着:
"难道有什么事要发生了。"我把这一天所有的过程过滤了一遍,
拼命地想找出有什么不合适的事发生过。

　　巡查结束了,照例又到了上午出舍放风的时段。心不在焉地
对付着完成了队列后,我一言不语地回到监舍。

　　老包似乎察觉到我的异样,关切地坐到我身边,用手肘捅了
捅我,说到: "老汪,你没事吧?"

　　我用感激的目光看了下他,回答道:"包老师,感觉唐所异常,
是不是有什么事要发生?"

　　老包耸了耸肩膀,故作轻松地对我说: "老汪,你别多想,
我们这么规矩的监舍,会有什么事。"

　　我想了想,确也没有想出什么不正常的事来,心情有所平复,
便与身边的老包闲聊了起来。

　　闲聊是那种特殊经历中打发无聊时间的最好方法。我们可以
聊每个新入监人员的案情分析,甚至聊到"一带一路"的国家大
政。闲聊总让人觉得时间过得很快,心情变得轻松。

　　很快到了中午11点,大家正在讨论午饭该拿出什么笼洞里
珍藏着的"宝贝"来改善生活时, "咔、咔"声响起,监舍铁门
又一次打开了。

　　我们都以为又有"新兵"要进来了,没想到是唐所面带微笑
地破例在上午又一次走进了203监舍。

　　老包一声令下: "上笼板。"

　　众人闻讯纷纷拿起小凳,上笼板,分成两队,挺直腰板,双
手放在膝盖上,坐到了笼板上,等着唐所的指令。

　　我当然会特别地注意唐所的一举一动。我发现此时的唐所全

然不是早上九点巡查时稍显诡异的神情，而是一脸微笑，但即便如此，预感有事发生的我，小心脏依然"砰砰"猛跳起来。

唐所背着手，稳稳地迈着方步，走到监舍的中央，面对着大家，目光从左至右巡视了一圈，他的目光转到了最右边坐着的我，突然喊道："汪少华。"

我心中一凛，赶紧响亮地回答道："到。"心想："果然有什么事情要发生了。"

唐所看着我紧张的样子，故意不紧不慢地对着我说："你可以收拾东西，准备出监回家。"

我顿时脑子"嗡"地一声，不知所措地站在那儿，此时我唯一的印象是：监舍里的所有人齐刷刷地发出"啊"的一声，用无比羡慕的目光对准了我。

坐在我身后的老包，见我还呆在那儿，忙用手捅捅我的后腰，说："汪老师，你可以出去了。"

我这才反应过来，忙将目光对准了对面站着的唐所，唐所看着我将信将疑的神情，笑了笑对我说："汪少华，你真的可以出去回家了，你的家属已经在外等你了。"

他接着补充道："上午我已经收到你家属的信息，说她今天上午去市法院办理手续，因为我没有见到手续，所以刚才巡查的时候，我不能告诉你。"

我这才明白为什么唐所上午巡察时对我会有异样的神情。

此时坐在笼板上的舍友们纷纷骚动起来，毕竟禁锢在铁门内的人的共同渴求就是自由，只要有人跨出了铁门，所有人都是会激动的。

在众人的骚动中，我起身跨下了笼板，对着朝夕相处了一段时间的众人深深鞠了一躬。

从 2016 年 11 月至 2018 年 2 月，我在 L 市看守所 203 监舍呆了一年三个多月，每天无时无刻地想着跨出铁门。但当这一刻真正来临的时候，我依然无法相信这是真的。当我弯腰在整理东西时，分明感觉到全身在悸动。

其实根本就不需要收拾，没有人会带走监舍里用过的东西。我唯一需要带走的就是我的书稿和监舍内配备的凳子、口杯、牙刷和毛巾等。

终于到了可以离开的时候，我特意走到了老包身边，他是我朝夕相处、抵足而眠一年多的难友。我们有几乎相同的经历，相近的年龄，他在我最困难的时候，给了我无数的安慰、开导和鼓励。我现在可以离开，而他依旧前景难料。

我走过去，紧紧地拥抱了他一下，对他说道："包老师，我走了，你自己保重！我的眼睛湿润了。

站在唐所旁边来带人的辅警说道："可以走了。"

我脱下身上那件蓝色的号服，拿起物品，随着辅警，头也不回地跨出了 203 监舍，此时我只知道决不能回头。

跨出铁门的一霎那，我深深地呼吸了一下室外的新鲜空气，这才发现室外已悄无声息地下起了小雪。

沿着看守所规定的通道向外走去，天空中飘飘洒洒的雪花飘到了我的脸上，好惬意的凉意。

通过三道大铁门后，我来到了看守所的交接大厅。那天平时负责监舍送药的陆警官，帮我办了最后的出监手续。他很快地办完了手续，让我签字画押后，温和地对我说："终于可以回家了。"

我忙着说："谢谢陆警官！"

　　唐所带着我，走出了交接大厅。此时我发现雪开始下大了，小雪花变成了片片的鹅毛大雪。几步后便来到了由武警战士把守的看守所大门，在唐所向武警出示各种证件后，大铁门终于打开了。

　　一年多前的 2016 年 11 月 4 日深夜，我经过这扇大铁门，由外入内。2018 年 2 月 25 日我又一次经过这扇大铁门，从内到外。这一进一出，代表着迥异的两种命运，经历过的人才会明白这正反两个方向的意义。

　　就在我跨出铁门的瞬间，一个熟悉的声音传来："少华！"

　　我循声望去，在漫天飞舞的雪花中，一个熟悉的身影猛地扑入眼帘，这是我的爱人。

　　猛冲过来的爱人，不由分说地一把扔掉遮雪的雨伞，一把紧紧地拥抱着我。

　　此时似乎看守所周边空旷的世界静谧了，变得毫无声息，大雪纷飞的空地上，就这一对人在紧紧地相拥着，任由大片大片的雪花撒在头顶上，落在身体上。

　　我再也抑制不住情绪，任由夺眶而出的眼泪，大滴大滴地掉在爱人的肩膀上。

　　雪连绵不断地落在我们的头顶上，慢慢地随着体温有些融化，淋落在后颈、脖子、脸庞。

　　唐所默默地站在一边，任由我们旁若无人地宣泄着自己的感情。

　　良久，身边走过来一个人，撑着伞遮住了雪花。我定睛一看，是我的大姨，她也早已是泪流满面，说道："可以走了，这么大的雪，快上车吧。"

　　我俩回过神来，一起走到唐所旁边，唐所将所有文件交给我，轻声说道："雪这么大，回去开车一定要小心。"

　　我对着这位给予我很多关心和照顾的警官深深鞠了一躬。唐所摆摆手，说道："走吧，回去好好地调养身体。"

　　钻进车来，隔窗挥手告别后，爱人驾驶小车缓缓地驶离了看守所。窗外的大雪纷纷落在前挡风玻璃上，雨刮器顽强地将雪花刮向两边，雪似乎下得更大了。

　　车辆小心翼翼地停在了看守所不远处的一个小酒店。夫人说："去洗个澡，换个衣服，去去晦气。"

　　进到房间，我即去了卫生间洗澡。拧开热水龙头，一股热水冲刷在脸上、身体上，真的很温暖。在看守所的一年多，无论天气有多冷，洗的都是冷水澡。此时，许久未有的温暖洒在身上，别提有多享受了。

　　从酒店出来，刚坐入车内，我突然对夫人说："我想要一袋酥饼。"

　　夫人和大姨直直地愣住了，她们无论如何不会想到，刚出来后的我提的第一个要求竟然是想要得到一袋酥饼。

　　于是车辆继续在大街上找寻酥饼，无论有怎样的疑虑，此时满足我的愿望，可能是她们最想要做的。

　　在购买了满满一大袋酥饼后，空中的雪依然没有要停的迹象，为了防止路上积雪，我们一致同意不吃午饭，踏上返回杭城的行程。

　　于是在这样一个终生难忘的大雪天，花了整整五个小时，我回到了离别一年三个多月的家。

　　我写下本文，是想将这段特殊经历划上句号。

　　然而，毋庸置疑的是，这段特殊经历对我和我的家庭带来的影响是巨大的，人是可以回来，但心回归的路途依然是漫长的。

代跋

在浙江电商界，汪少华曾是个响当当的名头，他创立的"珍诚医药在线"是中国首批获得医药分销互联网药品交易服务资质的企业；其自主开发运营的医药 B2B 电子商务平台名噪一时，是浙江乃至全国著名的电商平台，也是杭州乃至中国医药界的明星企业。那时的汪少华先生，报纸上有名，电视上有消息，各种商务活动中，常能看到他忙碌的身影。

但这样的荣耀在 2016 年 11 月突然终结，猝不及防的变故，让汪先生在 L 市看守所羁押了一年三个月。

从有头有脸、风光无限到失去自由和尊严的底线，这种从天而降的不测之祸，对一位一直站在人生成功高处的企业家而言，是从天堂直接坠入地狱的遭遇。据汪少华先生说，他当时的想法，如果一边是看守所的铁门，一边是只有一个结果的万丈深渊，这两者他要是能选择，他会毫不犹豫地选择万丈深渊，直接跳下去！

但命运不容他来选择，那不期而至的一切，他无可回避，无处躲闪，没有余地，没有任何保留，他必须直接面对这一切！

在这一年又三个月的"面对"中，汪少华先生有了惊人的变化：经过每天坚持不懈的锻炼，长期困扰他的多种慢性病，包括高血脂、高血糖、高血压等健康指标，恢复到正常水平。而他，由一个瘦弱的"小老头"，竟然练出一身强壮的肌肉！

更为神奇的是，他是带着这本《203 的故事》走出看守所的。

一切都在说明，他那一年三个月的光阴没有虚度。

　　他没有像"死蟹"一样趴着不动，更不是"冬眠"着，等候一个季节过去，等着一个可以焕发生机的季节来临。他在这个巨大的打击和重压面前，不仅抬起了头，而且渐渐伸直了腰……

　　对他而言，这像一场重生。他从极度的绝望、恐慌、沮丧、灰暗之中，成为直面现实的勇士。所有的这些，来自一场精神和思想的升华，包括对社会、人性、责任、担当等人生大道的全新感悟和认知。

　　对他而言，这就像修行人的山中岁月，从闭关的处所出来时，比身体更加健康和强壮的，是他的精神，那是他在这段岁月中，营建的一个恢宏世界。

　　当精神和思想屏除了怨恨，爱便滋生了，并且由己及人。他对跟自己同居一室的犯罪嫌疑人，在知道他们的经历，知道他们的故事后，在同情、怜悯和关怀的基础上，更进一步深入到他们的内心深处后，竟然有了强烈的冲动：把这些人的故事写下来！

　　动笔的时候，他没想猎奇，也没想到要警世，他只是觉得，这些长期跟他同居一室的犯罪嫌疑人的故事，不论跟自己是否有关，对他自己来说，这件事非常重要！

　　对一个毕业于理工科大学，又长期从事企业经营，要真实客观地用文字记下这些故事，并不容易！在这些精彩的故事面前，作者绝对配得上读者朋友们所给予的一个大大的"赞"！

　　写作的条件非常艰苦：坐一张低矮的塑料小方凳，趴在当床用的木铺板上，用的是又细又软的圆珠笔芯（看守所规定犯罪嫌疑人不得使用坚硬锐利的物件），没有纸张，就从包装食品的纸箱上撕下作为里衬的牛皮纸。这些写在大大小小牛皮纸上的故事，经过日积月累，后来成了厚厚的一大摞，竟然多达三十多万字。这些文字，就是本书的原型和初稿。

现在我们看到，汪少华先生不仅写下了这些故事，而且写得精彩生动，有滋有味。

这本书的价值和意义，至少体现在这几个方面：

1. 这是一本有力量的书。它告诉我们，力量不是冲动，不是算计，不是耍蛮斗狠，更不是为所欲为。它是精神的饱满，是灵魂的不倒下；是理性，是包容，是规矩和道理，更是友善和热爱。

2. 这是一本有温度的书。它写了一群我们以前不曾留心和注意的人。这些被排除在社会主体之外的人，会让很多人下意识排斥甚至厌恶。但这本书讲的正是这些人的故事，他们的生活和经历，从中我们能看出他们真实的生活和面貌。他们也是有血有肉，有喜怒哀怒，还有各种难言的苦衷和无奈。怜悯也许不是他们所必需，却是社会可以给予他们的一种关爱。在书中，作者体现了这样的品质。

3. 这是一本有深度的书。非虚构写作是近年较为流行的写作方式，但本书依旧个性卓然。尽管是故事，但它以不加修饰的笔触，展现了真实的力量。这种力量直抵人心，也直达精神的高地。

4. 这是一本有亮度的书。在一个远离人生高光时刻的场所，它的亮度并非由暗黑带来。在这里，我们看到故事里的一个个人物呼之欲出，活灵活现，给人印象深刻，过目不忘。这是艺术的亮度，情怀的亮度。

5. 这是一本企业家写的书。它自带正能量，的确与众不同。难得的是，作者虽然非科班出身，但对文字的操练颇为精当，落笔处不仅饱含深情，而且精彩纷呈，既可读，又耐看。并有对人生社会的深度思考和领悟，有切实的"劝世""警世"作用，堪为殷鉴。

开卷有益。这样一本题材好、故事佳的书，值得一读。

是为记。

马鸣

2019 年 5 月，于杭州

图书在版编目（CIP）数据

203的故事 / 汪少华著. -- 上海：上海文化出版社，
2019.9

ISBN 978-7-5535-1724-7

Ⅰ.①2… Ⅱ.①汪… Ⅲ.①故事–作品集–中国–
当代 Ⅳ.①I247.81

中国版本图书馆CIP数据核字(2019)第168803号

出　版　人：姜逸青

责任编辑：吴志刚

装帧设计：王　伟

书　　名：203的故事

作　　者：汪少华

出　　版：上海世纪出版集团　上海文化出版社

地　　址：上海市绍兴路7号　200020

发　　行：上海文艺出版社发行中心

　　　　　上海市绍兴路50号　200020　www.ewen.co

印　　刷：上海万卷印刷股份有限公司

开　　本：710×1000　1/16

印　　张：14

印　　次：2019年11月第一版　2019年11月第一次印刷

书　　号：ISBN978-7-5535-1724-7/I.676

定　　价：45.00元

告　读　者：如发现本书有质量问题请与印刷厂质量科联系 T：0512-56928155